小学館文庫

親子鷹十手日和

小津恭介

小学館

目次

第一話　人情真綿雲《まわたぐも》

一

その朝、谷岡誠四郎《たにおかせいしろう》はいつになく早く目が覚めた。

立秋を過ぎたというのに、置き忘れられたように真夏の暑さは残っていて、安眠を奪いつづけていた。おまけに明け方近くなってやっとうつうつしたかと思うと、今度は蟬《せみ》の大合唱である。寝不足の目をこじあけながら、誠四郎は床の上に起きあがると、大きなあくびを繰り返した。

台所からは妻の春霞《はるか》の立ち働く気配と、味噌汁《みそしる》の甘い香りが流れてくる。すばやく着替えをすませると誠四郎は、

「父上に挨拶《あいさつ》をしてくる」

と玄関をでた。

朝陽《あさひ》はすでに家々の屋根を離れ、焼けつくような灼熱《しゃくねつ》の色で空を輝かせている。

ちょうどいまから一年前、父谷岡祥兵衛《しょうべえ》は同心《どうしん》の代《だい》を誠四郎に譲って引退した。それを機に八丁堀《はっちょうぼり》の屋敷をでて、役宅とはほんの目と鼻の先の水谷町《みずたにちょう》一丁目の空き家を隠居屋にしている。いまそこに祥兵衛は妻の紫乃《しの》と二人で暮らしていた。

「お早うございます」

声をかけて庭先に入ると、祥兵衛は縁側にすわってしきりに竹を削っている。

「今日はなんの細工ですか」

誠四郎が聞くと、祥兵衛は削る手を止めて、

「竹とんぼの作り方を教えてやろうと思ってな。その準備だ」

いつからか祥兵衛は三日か四日に一度、近所の子供たちを集めては寺子屋の先生みたいなことをやりはじめた。

最初は子供相手に、独楽《こま》や張り子の虎づくりの手引きをしてやっていたのだが、気がつくと、遊びが発展して読み書きを教える寺子屋になっていた。

ただ祥兵衛は、勉強より玩具《おもちゃ》づくりを優先させているフシがある。

「教えてやってるというより、あのひとは子供に遊んでもらっているのですよ」

紫乃はそう言ったが、まさに言い得て妙。玩具づくりにいちばん喜々《きき》として打ち込んでいるのは、ほかならぬ祥兵衛であった。

ところで毎朝、誠四郎が隠居屋へ顔をだすには理由があった。

一年ちょっとまえ、去年の夏ごろから祥兵衛は身体《からだ》の不調を口にするようになった。目眩《めまい》がするとか動悸《どうき》や息切れが激しいとか、毎日のように不安な表情を見せて言った。どうも心ノ臓に不具合があるようだ。

そのくせ務めは一日も休んだことがない。どこか辛《つら》そうな父を見て、誠四郎は黙っておられなくなった。

「すこし休んで養生なさってはいかがですか」

「そうはいかん。同心というのは町の治安を守っている。一日とて自分の都合で休むわけにはいかんのだ」

「…………」

「おまえがその役目を代わってくれるというなら、話はべつだがな」

意味ありげな物言いについ乗せられて、

「私でよければいつでも……」

誠四郎はそのひとことを口にした。

聞いて祥兵衛はさっさと引退を決めた。五十歳にあと何ヶ月かを残した日のことである。

代譲りの手続きをすませると、祥兵衛はさっさと八丁堀を引きあげて水谷町に移った。すでに準備してあったのではないかと思わせる、手ぎわのよさだった。

そんな暮らしがはじまって間もなく春霞が、

「毎日お義父《とう》さまの加減を見に行ってあげてはどうですか。心ノ臓の病はちょっとした徴候《ちょうこう》を見逃せば大事《だいじ》にいたるといいます。お義母《かあ》さまは大らかな方ですから、うっかりと見落とされることがあるかもしれません。だからあなたが……」

どこか一本、線のはずれている母紫乃のことを春霞は「大らか」と表現した。言葉ひとつにも気配りを忘れない女性だった。

こうしてはじまった毎朝のご機嫌うかがいである。それがいまにつづいている。

しかし隠居暮らしをはじめてから、祥兵衛は目に見えて元気になり、目眩や息苦しさを口にしなくなった。

はじめは仕事から解放されて、ほっとしたせいだろうと思っていた。そのうち誠四郎はおかしいと思いはじめた。いくら緊張を解かれたからといっても、一気にこうも病状が回復するはずがない。

（もしかして仮病？）

そう考えると思い出されるのが、嫌がるのをむりやり、父とは馴染《なじ》みで芝口《しばぐち》に居を構える、大隅大膳《おおすみだいぜん》という医者に診させたときのことである。大隅は言った。

「この病は、とてもわしの手には負えそうにないな」

「それほど悪いのですか」

まともに受け取った誠四郎が顔色を変えると、

「その逆だ。どう診ても患者に心ノ臓の異変を思わせる徴候がない。どう治せばいいのか、わしにはその手立ても方策もない。手に負えないと言ったのはそういう意味だ」

いまから思うと大隅は仮病であることを、それとなく遠回しに教えてくれていたのだ。

父はきわめて仕事熱心な質《たち》だった。仕事を理詰めでする。たとえ下手人が自白しても筋が通らなければ納得しない。そこで矛《ほこ》を収めてもなんら問題はないのに、自分が納得するまで手綱《たづな》をゆるめないのだ。

だから仲間からは「融通のきかないヤツ」と疎《うと》んじられていた。陰で彼らは『詰碁《つめご》同心』と呼んだ。理詰めを小馬鹿にした呼び名であった。

そんな仲間との距離は、日を追い年を追って広がっていく。父の同心稼業から一日でも早く足を洗いたいという思いは誠四郎にも伝わってはいた。

だが誠四郎は物事にあまり拘《こだわ》らないのが取り柄である。一本線のはずれた母親の遺伝なのかも知れない。だから父の気持ちを分かっていながら、ずっと気がつかぬふりをしてきた。

同心見習いという立場の気楽さを、手放したくないという気持ちもある。そんな優柔不断な息子の尻を叩《たた》くために、使った仮病だったとしたら誠四郎にも責任はある。

仮病だったらしいと気づいて、誠四郎はそのことを春霞に話した。

「気づいてはおりました」

春霞は言った。

「知っていて、どうして黙っていた?」

「きっとお義父さまは、あなたを独り立ちさせてやろうと、仮病を思いつかれたんだと思います。もしあれがお義父さまのお心遣いだとしたら、そっとしておくのがいいのではないかと考えまして……」

春霞に一本取られた気がして、

「仮病だと分かったいま、もう毎朝の機嫌うかがいは必要ないな」

誠四郎が言うのに、

「そうでしょうか。はたから見ていて、お義父さまは毎日あなたの顔を見るのを楽しみにされているようですよ。親孝行はできるうちにしておくものです」

春霞からそう返されて、誠四郎の毎朝のご機嫌うかがいはいまだにつづいている。

楽しそうに竹を削る父のとなりに腰かけると、

「母上は？」

誠四郎は聞いた。

祥兵衛は黙ったまま顎《あご》で隣の居間をうながした。振り返ると座敷の隅っこで、紫乃が腹ばいになって草紙本《そうしぼん》を読んでいる。

朝っぱらから、主婦が寝転んで読書する風景は異様なのだが、誠四郎には見慣れたものであった。

「これでは当分朝飯にありつけませんな」

誠四郎が言うと、

「食うのがすこしくらい遅れても餓死《がし》はせん」

普通なら母のだらしなさを注意するところだろうが、言っても効き目がないと諦《あきら》めているのか、それとも妻を思いやる気持ちからか、祥兵衛は叱言《こごと》のひとつも口にしたことがない。

そういう意味では似たもの夫婦だった。

「じゃあ私はこれで……」

毎朝の儀式を終えて誠四郎が縁から立ちかけたとき、裏木戸を押して入ってくる春霞のすがたが見えた。手に小ぶりな布袋《ぬのぶくろ》を下げている。

春霞は祥兵衛と紫乃に朝の挨拶をすると、

「たったいま奉行所から使いの方が見えられて、至急出所するようにと武井《たけい》与力《よりき》がおっしゃっているそうです。なんでも駒込《こまごめ》の方で事件が起きたとか」

「私が呼び出されたということは、どうせ大した事件じゃないんだろう」

誠四郎が捨て鉢に言ったとき、草紙本を読み終わった紫乃が顔を見せた。

「あら、二人ともきていたのですか」

誠四郎と春霞に気づいて言うと、

「朝っぱらから二人おそろいとはめずらしい。どこかへお出かけ？」

「奉行所から呼び出しがあったので、これから出かけるところです」

誠四郎が答えるのを無視して、紫乃は春霞が手にした布袋《ぬのぶくろ》に目をやった。

「だってそれ、お弁当でしょう」

「ああ、これは誠四郎さまの朝ご飯です」

そして布袋を誠四郎に手渡すと、

「朝ご飯をいただく間がないと思って、お握りを作ってきました。どこか適当な場所でお食べになって」

春霞は言った。

「どうも朝から草紙本を読む人とは、人間の出来が違うようだ」

竹を削る手を休めず、祥兵衛はちょっと嫌味を言ったが、紫乃に通じた様子はなく、

「そうそう私も朝ご飯の用意をしなきゃ」

そそくさと台所にすがたを消した。

「おかげでどうやら朝飯にはありつけそうだ」

そう言うと祥兵衛は、春霞に向かって片目をつぶって見せた。

二

誠四郎は外堀沿いの河岸道《かしみち》を南町奉行所へと向かった。父の隠居屋にいた頃はまだ控えめだった暑さは、本格的な蒸《む》れるような暑さに変わって、空に大きな入道雲をわ

きあがらせている。

誠四郎は南町奉行所の臨時廻《りんじまわ》り同心である。同心の職種は定町廻《じょうまち》り、臨時廻り、隠《おん》密《みつ》廻りとに分かれていて、三廻《さんまわ》りと呼ばれた。

定廻りは町を常時巡回して治安を守り、臨時廻りはそれを補佐するのが仕事である。隠密廻りは諜報活動《ちょうほうかつどう》を主とする別働隊であった。

定廻りは地域別に四筋に分けられ、それぞれに四人の与力と、その下で五、六人の同心が任に当たっていた。

臨時廻りには与力一人に同心五人が当てられている。いまその与力に武井助五郎《すけごろう》がすわり、同心五人のうち一人が誠四郎であった。

定廻りが臨時廻りの手を借りたいときは与力頭に願いでて、その指示を受けて臨時廻りが動く仕組みになっている。

もともと臨時廻りは、定廻りを長年勤めたものが、現役の定廻り同心の補佐や指導に当たることを目的に立ち上げられた部署だった。ところが定廻りから、指導は本来われわれの仕事である、その職権を侵《おか》すのかと苦情が出た。その結果補佐の業務だけが残った。

補佐といえば格好はいいが、平たくいえば人手が足りないときの手伝い、あるいは使い走りである。

ところが定廻り同心も例外なく、よそ者に首を突っ込まれるのを嫌がる。だから臨時廻りにまわされてくる仕事というと、もめごとに毛の生えたような事件か、あとに厄介《やっかい》が予想される事件に限られていた。

誠四郎が春霞から呼び出しを聞いたとき、「どうせ大した事件ではないだろう」とつぶやいたのには、そういう背景があった。

誠四郎が臨時廻りに配属されたのは、祥兵衛を『詰碁同心』と煙たがっていた連中の、息子へ向けたある種の意趣返《いしゅがえ》しと言えなくもない。同心に着任したものの、父親の置土産のおかげで誠四郎の引き取り手がなく、結果的に臨時廻りという吹きだまりへ流されたというわけだ。

同心溜《だ》まりにはまだだれのすがたもなかった。誠四郎が武井与力を探して奥の与力溜まりに足を向けたとき、背中から独特のだみ声が飛んできた。厠《かわや》のもどりらしく濡《ぬ》れた手をブラブラさせている。手洗い場に手ふきはあるのだが、だれが使ったか分からないもので拭くのは気持ちが悪いと、さほど潔癖症《けっぺきしょう》にも思えない武井与力の、いつもの自然乾燥法である。

「谷岡同心、遅かったではないか」

「これでもかなり急いだつもりですが」

「すぐ駒込に行け。殺しだ」

「駒込のどこですか？」

「指ヶ谷町《さしがやちょう》の笠《かさ》の屋《や》だ」

それだけ言うと武井は、用はすんだとばかり自分の定位置にすわり込んだ。

「笠の屋は指ヶ谷のどのへんにあるのでしょう？」

「行けば分かる」

「しかし……」

「分からなければ人に聞け。現場は小石川番屋《こいしかわばんや》の番太《ばんた》に見させてある。つべこべ言わず早く行け！」

武井は背中だけで命令した。彼の横柄な態度は、配下に自分の威光を見せつけるための演技だとは分かっている。他の四人の同心はこの態度を嫌がるが、誠四郎は別に気にならない。すこし声の大きな仕事の伝達役だと思っている。

武井の横柄を屁《へ》とも思っていない証拠に誠四郎は、

「番太が見ているなら急ぐことはありませんね。だったら朝飯にさせてもらいます。なにしろ食う間もなく飛びだしてきたものですから」

同心溜まりにすわり込むと、春霞が持たせてくれた弁当を開き、ぱくりと握りにかじりついた。

さすがの武井も呆《あき》れて言葉を失っている。

朝飯をすませると誠四郎はゆっくりお茶を飲み、やおらよいしょと立ちあがると奉行所をでた。

筋違橋《すじかいばし》を渡り、不忍池《しのばずのいけ》から駒込までの道を、急ぐでもなく懐手《ふところで》のまま誠四郎はぶらりぶらりと歩いて行く。すでに日射《ひざ》しの強さは真昼のもので、ゆっくり歩いても全身に汗が吹き出した。

きりっとした眉《まゆ》に目、鼻筋から顎にかけて精悍《せいかん》な風貌《ふうぼう》を持つ誠四郎だが、こうして風に吹かれるように歩くときのそれは、一変してだらしなくゆるんで見えた。

問題の『笠の屋』は人に聞くまでもなくすぐに見つかった。正福院《しょうふくいん》に近い一郭《いっかく》に看板を出した小さな店だった。草鞋《わらじ》に菅笠《すげがさ》、編笠《あみがさ》、雨合羽《あまがっぱ》など、旅の必需品をひととおり取りそろえている。それが間口一間《いっけん》ほどの、奥行きが長くて狭い通路にぎっしりと並べられていた。

しかも店を入ってすぐのあたりから、左手が板敷きの間になっていて、それでなくとも狭い通路がいっそう狭くなっている。

その一段高くなった板敷きの框《かまち》に、死体は上体を預けるようにしてうつぶせに倒れていた。突き刺さった凶器を抜こうとして手が血で滑ったのだろう。その手が帳場の机の端に血の跡を残している。

死体のまえにひざまずくと誠四郎はまず合掌をした。これは父から教え込まれた儀式である。父祥兵衛は仏に対する敬虔《けいけん》さにうるさかった。見習いのとき何度か死体の検分《けんぶん》を手伝ったが、うっかり遺体を乱暴に扱おうものなら、頭ごなしに叱責《しっせき》が飛んできた。

合掌を終えて誠四郎は、現場保存にきていた番太に手伝わせて死体を仰向《あおむ》けにした。五十年配の男で左の腹部に凶器が突き立っている。死体を動かしたあたりには、色の変わりかけた血だまりができていた。

誠四郎が「おや？」と思ったのは、腹部に突き立った凶器のおかしさだった。突き立っているのは剪定鋏《せんていばさみ》である。普通にはちょっと考えにくい凶器であった。

「私はどうしましょう。急に呼び出されて、番屋をそのままに飛びだしてきたものですから……」

遠慮がちに言う番太をそのまま待たせて、誠四郎は店の中をゆっくり見てまわった。

事件解決につながりそうな発見はなかった。

ただ死体が倒れていたところが凶行現場だったとすると、そこから二間《にけん》ばかり戸口に近い土間に、数滴の血痕《けっこん》が見つかった。刺されたとき血液の飛沫《ひまつ》が飛んだとも思われたが、それにしてはすこし離れすぎている。

もうひとつ倒れていた死体の足もとあたりに、なにかを引きずった跡がすこしだけ残っていた。だがその痕跡《こんせき》が殺しに結びつくとも思えない。ひととおり検証を終えて誠四郎は、番太を振り向くと、

「あとは引き受けた。帰ってもいいぞ。手伝いが要《い》るときはこちらから番屋に連絡する」

番太は救われたような顔になって、

「仏さんはこの店の主《あるじ》の弥平《やへい》です。こちらは弥平の娘さんです。くわしい事情はこの人から聞いてください」

板敷きの間にすわっている女性を指さすと、ひとこと残して店から出て行った。

板敷きの一角が帳場になっているらしく、古びた小机が置かれ、その上には帳簿類に硯箱《すずりばこ》、そろばんなどが並んでいる。すこしはなれた裏口近くに、上り下りに使うらしい丸太の踏み台が見えた。

娘だという若い女は、板敷きと隣の部屋とを仕切る襖《ふすま》のまえにすわっていた。

誠四郎が上がり框に腰掛けるのを見て、女はあらたまって頭を下げた。二十半《はたち》ばの整った顔立ちの、目のきれいな女である。その目に憔悴《しょうすい》が載っていた。

「こちらの娘さんですか」

誠四郎があらためて問うと、

「はい、佐代《さよ》と申します」

「こちらにお住まいですか」

「いいえ。嫁ぎ先がついこの近くにあります。でも毎日身のまわりの世話に、ここへ顔を出すようにしています。なんと申しても父も歳《とし》ですから」

しっかりとした返事がもどってきた。

「遺体を発見されたいきさつを、聞かせてもらえますか」

佐代はうなずいた。

昨日、佐代が弥平の世話を終えて帰途についたのが七つ半（午後五時）だった。弥平はいつもこの時刻に店を閉める。一人いる手伝いの娘を帰らせて、その日の売上げを締め、後片付けが終わるまで表戸は半分閉《た》てておく。いまの時期はそれがいい明かり取りになるのだ。

後片付けを終えてから表戸を閉て、心張棒《しんばりぼう》を支《か》うのがいつもの習慣だが、昨日弥平にはもうひとつすませなければならない仕事が残っていた。

「今日が死んだ母の月命日でして。命日には必ず檀那寺《だんなでら》からお経をあげていただきます。お坊さんがおいでになるのはきまって朝の早い時刻で、父は仏壇にお供えする花を剪《き》ろうと裏庭に出たらしいんです」

「なるほど、それで剪定鋏を……」

すると弥平が裏庭に出たわずかな時間に、物盗《ものと》りが忍び込んできた。気配に気づいた弥平と物盗りとが、帳場のあたりでもみ合いになる。それがどうかしたはずみに剪定鋏が物盗りの手に移り、弥平が左腹部を刺された。どうやらそういう経緯《けいい》らしかった。

「そうとは知らずに、私、朝になってからお供えを持って、いつもより早く店に顔を出したんです。表戸は閉まっていましたが、心張棒はしてありませんでした。胸騒ぎがして急いで戸を開けてみると、父がこのような無残《むざん》なすがたで……」

そこまで言って佐代は悲しみが新しくなったのか、袖《そで》で目頭を押さえた。

「物盗りの狙いは金でしょう。盗まれてないかどうか調べられましたか」

「調べました。うちなんかは小さな商売の店ですから、大きなお金を店にはおいておりません。でも父は突然の支払いにと、いつも二十両を袱紗《ふくさ》に包んで、隣の部屋の茶《ちゃ》簞笥《だんす》の抽斗《ひきだし》に入れていました。調べて見るとそこから一両なくなっているのです」

「一両？　物盗りは二十両の中から一両だけ持ち去ったというのですか」

「はい。数えてみると十九両、間違いなく残っていましたから」

誠四郎は納得のいかない顔になった。二十両の中から一両だけをくすねて逃げた、盗人《ぬすっと》の心境が読めなかったのだ。

「最初から十九両しかなかったとは考えられませんか」

「それはないと思います。父は売上げを締めたあと、使った分はきちんと埋め合わせて、つねに二十両になるようにしていましたから」

「それにしても盗人は、どうして茶簞笥の抽斗にお金があることを知ったのでしょう？」

「父が教えたんだと思います」

意外な返事がもどってきた。

とっさに誠四郎は意味を取りかねた。弥平が盗人に金のあり場所を教えた、佐代はそう言ったのである。

当惑した誠四郎の顔を見て、佐代はあわてて言い添えた。

「へんなことを言って驚かれたでしょう。じつは以前にそういうことがあったんです」

「……？」

「寒い冬の夜でした。この店に二人の盗人が押し入ってきて、父を縛《しば》り上げ金を出せと脅《おど》しました。すると父は袱紗のあり場所を教え、二十両あるから欲しいだけ持っていけと言ったそうです」

「盗人に金のあり場所を教えたというのですか」

「父にはその二人が悪い人には見えなかった。そこでよくよく事情を聞いてみると、その二人は兄弟で、半月ほどまえに火事でなにもかも失ってしまった。今日の日も食いかねて押し込みに入ったと聞いて、気の毒に思った父は袱紗のあり場所を教えたと言ってました。二人は五両だけ抜き取ると父の縛りを解いて、この金は盗んだんじゃない、借りておくと出て行ったそうです。そのお金、まだもどってきていませんが、父は返してもらおうとは思っていない。二人が二度と悪心を起こさず、ちゃんとやってくれてればそれでいいんだと……そういう人でした」

「できた人だったんですね。でも今度は縛られたのではなくて、腹を剪定鋏で刺されている」

「父はまさか剪定鋏で死ぬとは思っていなかったんだと思います。それにきっと相手がその日の暮らしにも困ってる人に見えた。だから袱紗の場所を教えたんでしょう。でも思っていたより出血が激しくて、父は……」

また涙があふれてきて、佐代はそこで言葉を途切れさせた。

三

「世の中も捨てたもんじゃないな」

誠四郎の話を聞いて、祥兵衛は言った。

その日の夜、隠居屋の居間で、谷岡家一家四人が夕餉《ゆうげ》の卓《たく》をかこむ場でのことである。

いつからか谷岡家には、夕餉に一家が顔をそろえるという習慣ができあがった。

理由はある。

祥兵衛に自覚はないが、神田《かんだ》、日本橋《にほんばし》、赤坂界隈《あかさかかいわい》の飲食の店では食通で通っていた。彼の食いしん坊は子供のころからである。同心だった父は賄《まいない》を受け取らない潔癖な人だったから、暮らしは苦しく祥兵衛はいつも腹を空《す》かせていた。彼の食いしん坊は飢餓《きが》の延長である。

自分が同心になってからも、暮らしぶりは変わらないが、小遣いを徹底的に倹約して、祥兵衛は八丁堀近くの店を食い歩いた。

なにを食っても祥兵衛は「うまい」とも「まずい」とも言わない。だが評価は表情に出る。まずいときは無表情だが、うまいと笑顔になる。その笑顔が数段階にわたっていて、最高にうまいものを口にしたとき、頬や目尻が垂れ、ゆるみっぱなしの笑顔になる。

それが板場たちのあいだでひそかな評判になった。

ある蕎麦屋《そばや》が意地悪をした。祥兵衛の味覚をたしかめてやろうとしたのである。最高級品の昆布《こんぶ》と鰹節《かつおぶし》をふんだんに使って出汁《だし》を取った。それを黙って祥兵衛に食わせたところ、彼はこれまでにない最高にゆるんだ笑顔になった。

それが「どうもあの人の味覚は本物らしい」という噂《うわさ》になって、板前のあいだを駆けめぐった。そのあたりから、店の祥兵衛にたいする扱いに変化があらわれたはずなのだが、本人はまったく気づいていない。

その祥兵衛に大いなる不満があった。妻紫乃の作る料理である。べつだんまずいというのではない。ごくありふれた料理がごくありふれた味つけで出てくる。工夫がないのだ。

祥兵衛と紫乃は食べ歩きの趣味で知り合った仲である。だから江戸でも味において屈指の店を連れ歩けば、きっと料理が持つ奥深さに目覚めてくれると考えた。

紫乃は祥兵衛の誘いをことのほか喜んだ。食べるとこれ以上ない笑顔になり、「おいしい、おいしい」を連発するのだが、肝心の作る方にはまったく変化があらわれなかった。

その祥兵衛だが、このところ食べ歩きにすこし消極的になっている。回数が減ってそれが紫乃の不満になっていた。

「どうして最近は、以前のようにお店に連れて行ってくださらないのですか」

何度か不満をぶつけてきた。祥兵衛は返事に困った。まさか「嫁がおいしい料理を作ってくれるので、食べ歩く必要はなくなった」とは言えない。

どこで身につけたのか、あるいは生来《せいらい》の才なのか、春霞の作る料理は申し分がなかった。だから夕餉の時間を狙って、用もないのに祥兵衛は八丁堀の役宅に足を運んだ。料理のお相伴《しょうばん》にあずかろうという、さもしい了見の訪宅である。

そのことはすぐ紫乃に知れた。夕餉を抜くことが多くなったのだから、知れてあたりまえである。当然ひと悶着《もんちゃく》あった。

それを知った春霞が言い出し、はじまったのが隠居屋での晩餐《ばんさん》だった。祥兵衛に異議はない。紫乃にしても嫁が作ってくれる料理をただ食べるだけで、献立の苦労も後片付けもしなくてすむのだから、祥兵衛以上に大賛成だった。それがこ半年ばかり途切れずにつづいている。

その晩の食卓には鮎《あゆ》の塩焼きと、そら豆の塩茹《しおゆ》で、冷たい豆腐の吸い物と、具沢山《ぐだくさん》のちらし寿司《ずし》である。

そして食事の話題には、誠四郎が手がけている事件が上ることが多い。その晩もそうだった。

「笠の屋の弥平と言ったか。人並みはずれて心の広い人物のようだな」

祥兵衛は事件より、被害者弥平の人柄に関心を持ったようだった。

「それより私は、下手人が人を殺《あや》めておきながら、持ち去ったのが一両だったことが引っかかるのです。二十両入った袱紗から一両だけ持ち去っている。なんとも理解に苦しむ盗人の所行です」

誠四郎の言葉に食いついたのは母の紫乃だった。

「なにも悩むことはありません。その盗人は一両だけ欲しかったのです」

「しかし盗みに入ったなら、普通、二十両の袱紗ごと持ち去りませんか。ところがその盗人は一両だけ抜いて、あとはもとにもどしている。それだけではありません。立ち去るとき半分開いていた表戸を、きちんと閉めてから逃げているんです」

「律儀《りちぎ》な盗人ですね」

「その律儀さが気になるのです」

「だから欲しかったのは一両だけ。表戸を閉めたのは死体が見つからないようにするためと考えれば、なんの不思議もありません。ねえ春霞さん、そう思うでしょう」

紫乃は話の尻を春霞に振った。

「お義母さまのおっしゃるとおり、下手人は一両でなにかを買おうとしたんだと思います。それは一両ないと買えない品物だったのです」

春霞は紫乃を立てながら、すこし踏み込んだ応《こた》え方をした。

「ほらごらんなさい。春霞さんだってそうおっしゃっている……」

紫乃は勝ち誇ったように言い、鮎の身を口に運ぶと、とびっきりの笑顔を見せた。

「おいしい、この鮎。塩加減が抜群……」

これまでのやり取りをすっかり忘れたように、料理に集中する紫乃を横目で見ながら、祥兵衛はそら豆を口に放り込んで話題をもどした。

「ただどうも一点気になるところがある」

「笠の屋の弥平は腹を刺されながら、盗人に金のあり場所を教えてやった。だが彼は刺されたことがもとで命を落としている。するとかなりの重傷だったんだろう。そんな重い傷を負った弥平に、金のあり場所を教えてやる余裕があっただろうか」

「なんでしょう」

「だが娘の佐代は、父が金のあり場所を教えたと……」

「そうか、娘が嘘《うそ》をつくはずはないな」

納得したような、しないような顔で盃《さかずき》を取り上げた祥兵衛だったが、

「ところでその盗人の身元を知る手がかりはないのか」

思い出したように誠四郎に聞いてきた。

「手がかりになるかどうか分かりませんが、土間の隅にこんなものが落ちていました。娘は覚えがないと言ってますから、おそらく下手人が落としていったのでしょう」

取り出してきたのは古びたお守り袋である。佐代からの聞き取りが終わって、もういちど現場を点検したとき、誠四郎が商品を並べた土間の隅から見つけたのだった。

「中にはごくありふれた産土神社《うぶすなじんじゃ》のお札が入っています」

祥兵衛はお守り袋を受け取って、しばらくためつすがめつしていたが、

「この汚れ具合から見て、守り袋は縫ってから五、六年は経《た》っているな。それにとこ

ろどころすり切れている。持ち主は肌身離さず身につけていたんだろう」

「母親が縫って、わが子に持たせたものでしょうか」

「江戸から遠くへ働きにでる息子に、安全を願って母親が持たせたんじゃないかな。これが盗人の持ち物だとすると、肌身離さず持っていたこの男、あんがい母親思いの気持ちの優しい男かもしれん」

「気持ちの優しい律儀者なら、まさか人殺しまでしないでしょう」

誠四郎が否定するのに、

「だが下手人が律儀者だと考えれば、筋が通るではないか。そういう男だから二十両を目にしながら、一両だけ持ち去った。しかも立ち去るとき、きちんと表戸を閉めている。どうも殺しそのものも、ものの弾みだったように思われるな」

「すると下手人は最初から一両目当てで、盗みに入ったことになりますね」

「その答えはもう春霞さんが出している。盗人が欲しかったものは、一両なければ買えないものだった」

「なにか複雑な事情があるようですね」

「こう考えたらどうだ。その男は江戸を離れて稼ぎにでていた。母親はわが子を案じてお守りを持たせた。男は五、六年必死で働いた。だがなにか事情があって江戸にもどってきた。彼にはぜひ母への土産にしたいものがあった。それが一両ないと買えないものだった。だが彼にはあいにく一両の持ち合わせがない。そこで思いあまって笠の屋に押し入った」

「筋はとおりますね。でも五、六年も働いたのなら、男にそれなりの蓄えはあったでしょう」

「さあそこだ。いままでの蓄えをフイにしてしまうようなできごとに、男は見舞われたんじゃないのかな」

「博打《ばくち》に手を出したとか、甘言《かんげん》で金を騙《だま》し盗られたとか……」

「それはないな。そういう男なら二十両全部を持ち去っただろう。一両だけ持っていったところに、この盗人の性格がよくあらわれている」

「いったいなにが起きたんでしょうね。蓄えをすべて失うようなできごとって?」

「考えられるとしたら事故か災害だな。そのために職まで失って、江戸にもどってきた。路銀《ろぎん》だけはなんとかなったが、母親への手土産を求める金がなかった」

「するとけっこう大きな事故か災害ですね。すぐに調べてみましょう」

誠四郎が言うと、祥兵衛は大きくうなずき、

「探すなら口入れ屋だな。もし下手人が災害に遭って職を失い、江戸にもどったとし

たら、おなじ境遇の仲間がほかにもいたはずだし、そうした連中が江戸にきて最初にすることといえば、職探しだろう」

「食うために、日銭を稼ぐ仕事がすぐ見つかるとしたら、思いつくのはまず人足《にんそく》ですね。目をつけるとしたら木場《きば》あたりでしょうか。幸い入江町《いりえちょう》に昵懇《じっこん》にしている口入れ屋があります。明日にでも足を運んで様子を聞いてみることにしましょう」

四

翌朝誠四郎は、岡っ引《おかぴ》きの伊之助《いのすけ》を連れて大松屋《だいまつや》を訪れた。伊之助は祥兵衛の代から岡っ引きを務めていて、代替わりしたあともそのまま誠四郎を手伝ってくれている。

彼の女房は霊岸島町《れいがんじまちょう》で髪結床をやっていて、手もいいが、客あしらいも上手で、けっこう繁盛していた。お上の手伝いがないとき、伊之助は店を手伝っている。頼まれて外に出向くときなど、道具一式を持って女房についていく。典型的な髪結いの亭主である。

女相手の商売に、むさい男がしゃしゃり出るのは嫌がられるかと思いきや、けっこう彼の評判はいい。人をそらさないところがあって、それが女客に喜ばれているのだ。

岡っ引きといえばつい強面《こわもて》を想像するが、その伊之助のそつない態度がいい方に働いてか、聞き込みなどでは大きな効果につながっていた。

伊之助は毎朝誠四郎の役宅に顔をだす。ここ四、五日これという仕事がなくて寂しそうにしていたが、今朝大松屋への同行を言うと、喜々としてついてきた。根から岡っ引き根性の持ち主なのだ。

大松屋は大横川《おおよこがわ》に沿った入江町にある、木場の人足集め専門の口入れ屋であった。以前この店が質《たち》のよくない連中に絡まれて困っているのを、誠四郎が助けてやったことがある。それを感謝してか、大松屋はいまだ盆と暮れの挨拶を欠かしたことがない。

大松屋の主《あるじ》長兵衛《ちょうべえ》は、誠四郎を見ると用件を聞くまえに客間に案内した。豪華な調度品を並べた自慢の部屋である。しかも出されたお茶に菓子までついてくる。この店ではいつも誠四郎は上客扱いだった。

誠四郎からざっと用件を聞くと、長兵衛は大きくうなずいた。

「ああそれでしたら、きっと上野《こうずけ》で起きた大水《おおみず》のことでしょう」

そう言って彼が話した内容は、ざっとつぎのようなものだった。

五年ほどまえから上野国では小山をくずし、湿地帯を埋め立てる工事がはじまっていた。そのために百人近い人夫が集められた。工事は七割方進んでいたのだが、今年の七月の終わり頃、三日続きの大雨で山崩れが起き、流れ出た土砂が工事現場近くの川を堰《せ》き止めて、氾濫《はんらん》を起こした。

人夫の宿舎だった小屋は跡形もなく押し流され、おまけに整地が終わった埋め立て地も一面土砂で埋まり、工事は中断をやむなくされた。

「職を失った連中はそれぞれ故郷《くに》にもどったそうです。この江戸にも三、四十人近くが舞いもどってきたと聞いています」

「その連中が職を求めて、この木場に流れてきたのではないかと考えたのですが……」

「普通ならそうでしょうね。ところが去年の暮れから様子が違ってきました。というのは今年、お城の二ノ丸で普請《ふしん》が行われる予定で、そのため材木集めに、木場の動きが去年の暮れあたりから激しくなりました。人足が足りなくなって手当をかさ上げしたところ、たちまち欲しい以上の人数が集まりましてね、木場では人足は不足していないのです」

「すると上野で失職したものは、ここ木場には流れてきていない？」

「そうです」

当てがはずれ、落ち込んだ誠四郎を見て大松屋は、

「ここに流れてきた分、船積みや車力《しゃりき》の人足が不足しています。上野からもどった連中は、ほとんどそちらで雇われたようですよ」

慰めるように言った。

「でも、いろんな職種に雇われたとしたら、探し出すのは大変ですね」

「打つ手はあります。船積み人足のことでしたら、相川町《あいかわちょう》にある大手の船積問屋沼田《ぬまた》屋《や》さんに聞けば、だいたいの様子がつかめると思います。車力屋の方は業界をまとめる実力者がいませんので、探すのは骨ですが、通油町《とおりあぶらちょう》の車力屋大八《だいはち》の主が、いちおうまとめ役をしているそうですから、ここで聞けば手がかりが得られるんじゃないでしょうか」

大松屋を出ると、伊之助は、

「旦那《だんな》は相川町の方をお願いできますか。あっしはひとっ走り通油町の車力屋をのぞいてきます」

言い終わるより早く駆けだしていた。久しぶりの仕事に気持ちが高揚しているようだった。

誠四郎は大横川沿いの道を小名木川《おなぎがわ》へと取り、右折して大川《おおかわ》沿いの河岸道に出ると永代橋《えいたいばし》へと向かった。大川は隅田川《すみだがわ》の吾妻橋《あずまばし》から下流の呼び名である。

相川町は永代橋の東詰にある町である。沼田屋はすぐに見つかった。

大きな蔵を持ち、そこに依頼された荷を集荷して船に積み込む。船下ろしされた荷も、蔵に一時預かって依頼主に手渡す。その仕事を沼田屋は相当手広くやっているらしく、構えの大きな店だった。

これだけの規模の店なら、なにか消息が得られそうな気がして、誠四郎はちょっと期待に胸をふくらませた。

店先でいいと言うのを、沼田屋は店つづきの座敷に通すと、ていねいに話を聞いてくれた。

ひととおり聞き終わった沼田屋は、

「うちは上野帰りの人足を八人ばかり雇い入れていますが、ちょうどいま船積み作業の最中で、みんなこの近くにいます。彼らに聞けばなにか分かるかもしれません。ところでなにを手がかりに人探しをすればいいのですか」

誠四郎は懐からお守り袋を取りだすと、

「これを肌身離さずにつけていた男のことを、知っているものがいないかどうか

「……」

「分かりました。しばらくお待ちいただけますか」

使いを走らせるのかと思ったが、主みずから店から走り出ていった。親切な人物らしい。

四半刻《しはんとき》（約三十分）は待っただろうか。沼田屋は汗を拭きながらもどってきた。

「残念ながら、このお守り袋に覚えのあるものはいませんでした」

「そうでしたか。どうもお世話をかけました」

消沈《しょうちん》した誠四郎の態度を気の毒に感じたのか、

「今日一日待っていただければ、他の船積問屋にも問い合わせてさしあげますが」

とにかく親切だった。

「お願いできますか」

誠四郎は感謝の気持ちを下げる頭に託して、沼田屋をでた。

簡単に見つかると安易に考えていたわけではないが、最初の肩すかしはさすがに気持ちにこたえた。

つぎにどういう手を打つべきかと思案しながら、誠四郎が永代橋を渡った。その頃になってかんかん照りの空に、急に雲が広がり、ときおり涼しい風がほてった頬を優しくなでて通りすぎるようになった。わずかな風でも誠四郎は救われたような心地で、さっきまでの落ち込みを瞬間忘れることができた。

五

新堀町《しんぼりちょう》を抜けて箱崎橋《はこざきばし》まで来たとき、前方から小網町《こあみちょう》の河岸道をこちらに駆けてくる伊之助のすがたが見えた。

「見つかりましたよ旦那、お守り袋に覚えのある男が……」

したたり落ちる汗をそのままに、伊之助は息を弾ませながら言った。

「本当か！」

誠四郎の声が思わず喜びに裏返った。

「通油町の車力屋『大八』は上野帰りの人足を三人雇っていましてね。仕事に出ようとしているところをうまくつかまえました。するとそのうちの一人がお守り袋を大事にしていた男を知っているというのです。ぜひ本物を見たいというもので、主に無理を言って待たせてあります」

みなまで聞かず誠四郎は駆けだしていた。伊之助があわててあとを追ってくる。

荷物を山のように積んだ大八車《だいはちぐるま》にもたれるようにして、その男は待っていてくれた。そのときになって誠四郎は店の名前の大八が、大八車からとったものらしいと気がついた。

話を聞くまえに、誠四郎は店に入って主に挨拶を入れた。大八の主は沼田屋とは正反対の無愛想な男だった。

「早くすませて、甚六《じんろく》を仕事にだしてやってください」

口をとがらせて誠四郎に言った。

甚六というのは三十代半ばの、熊のようにいかつい体つきの、そのくせどこか人のよさそうな男だった。

誠四郎がさっそくお守り袋を取りだして見せると、

「間違げえねえ。これハチのものです」

即座《そくざ》に返事がもどってきた。

「ハチはこのお守りを後生大事にしてました。江戸を出るときおふくろさんが縫ってくれたそうでして……」

「ハチの本名はなんというんだね」

「知らねえんです。はじめて逢《あ》ったときは、きちんと名乗ったと思うんですが、みんながハチと呼ぶもんで、それが呼び名になって、本当の名前は忘れちまいました」

「あんた、そのハチとは仲良くしてたのかね」

「同《おな》い歳でよく気が合いました。それに働く場所も寝場所もずっといっしょでしたから」

「彼の住まいはどこか、聞いてないか」

「聞いてません。でも駒込の近くじゃなかったかなあ」

「どうしてそう思う？」

「おれたち上野で仕事をしてたんですが、大水で身のまわりのものをぜんぶ持って行かれちまって……雇い主に泣きついてなんとか路銀だけは出してもらい、仲間五人と江戸にもどってきました。その中にハチがいて、目赤不動《めあかふどう》のまえで別れました。あの近くにハチの住まいがあるんじゃねえでしょうか。ハチの話だと、おふくろさんが一人残って、家を見ているということでした」

「つまり母一人子一人ってことか」

「そうです。もう五十はとっくに越えていると思うんですが、そのおふくろさん手細工《てざいく》の技《わざ》を持っていて、まだ現役で仕事をこなしているとか。最近とどいた飛脚便《ひきゃくびん》に、目が悪くなって仕事に差し支えがきていると書いてあったとかで、ハチ、気にしてました。しっかり稼いで、それを元手に商売でもはじめて、一日も早くおふくろさんに楽《らく》させてやりたいと……そんな気持ちからか、人が嫌がる仕事でも稼ぎがいいと引き受けたりして、そりゃよく働きました。それが大水でみんなもって行かれて……ハチの落ち込みといったら見てられなかった。事情が分かるだけにかわいそうで……」

そこまで言って甚六は拳《こぶし》で洟《はな》をすすりあげたが、すぐにかたい表情に変わって誠四郎をまともに見ると、

「お役人さんがこられたと言うことは、ハチがなにかしでかしたんでしょうか」

不安な日になった。

「いや、ちょっとある事件にからんで、聞きたいことがあったんだ」

甚六の仲間を思う態度に、誠四郎は本当のことが言えず言葉を濁した。

「なんせ真《ま》っ直《す》ぐな男ですからね。捨て鉢になってなにかやらかしたんじゃないかと心配しました」

「なんとかハチに逢いたいと思うんだが、風采《ふうさい》などに特徴はないか」

「そうですね、とにかく背が高い男です。六尺（約一八二センチメートル）は越えてました。それと鼻のすぐ横に大きなほくろがあります」

「ありがとう。それを手がかりに探してみるよ」

「ほんとうにハチはなにもやってないんでしょうね」

「心配するな。話を聞かせてもらうだけだ」

甚六を安心させると、誠四郎は大八をあとにした。

六

隠居屋の縁先に子供が六人集まって、竹削りをやっていた。その子供の真ん中にどんとひかえているのは祥兵衛である。自分も竹を削りながらすぐ隣にいる子に、

「これ清坊《せいぼう》、もうちょっと薄く削らないと、とんぼは飛ばずに落ちてしまうぞ」

そして一人向こうの子に、

「辰坊《たつぼう》はその羽根、右と左をおなじ大きさにしないとだめだ。隣の健坊《けんぼう》を真似《まね》て削るとうまくいく」

注意を投げかけている。

だがよく見ると、子供たちに混じっていちばん楽しそうにしているのは、ほかならぬ祥兵衛であった。

竹削りに熱中している子供たちにそろそろ飽きがくる頃、紫乃が薬罐《やかん》と湯飲みを持

って縁先にすがたを見せた。

「冷たくしたお茶ですよ。すこしお休みしなさい」

子供たちは声をあげて紫乃のところに走り寄ると、注《つ》いでもらったお茶を一気に飲み干し、みんな生き返ったような顔つきになった。

「今日のお茶は、いつもより上等のお茶っ葉を使ったから、おいしいはずよ」

紫乃はちょっと恩着せがましく言ったが、茶を沸かして井戸水に浸《つ》けたのは春霞で、紫乃はただ運んできただけなのだ。

それでも子供達が、

「うん、おいしい」

お世辞半分の返事を返すと、紫乃は得意そうな顔つきになった。

「ところでみんな、今日はこれでおしまいにする。ちょっと出かけるところがあるのでな」

祥兵衛が言うと、

「すると《子のたまわく》って、あれお休み？」

健坊と呼ばれた子が、嬉《うれ》しそうな寂しそうな複雑な表情になった。

「そう、お休みだ」

「だったらおれたち、ここで鬼ごっこをやってもいい?」

聞いたのは清坊である。

この隠居宅には裏塀《うらべい》がない。小さな庭がそのまま雑木林の小高い丘につながっているから、格好の子供の遊び場だった。彼らがここにやってくるのには、祥兵衛から習いごとをするほかに、お気に入りの遊び場に集まるという目的もあった。

「ああ、鬼ごっこでも隠れん坊でも、戦《いくさ》遊びでも好きに使っていい。座敷は開けておくから、くたびれたら昼寝していってもいいぞ」

言いおいて祥兵衛はよいしょと立ち上がった。

間もなく祥兵衛と紫乃は連れだって家をでた。

「食べ歩きにでるなんて、久しぶりですね」

紫乃は喜々として祥兵衛についてくる。

「こう暑いと、冷たいお蕎麦がいただきたいですね」

「その蕎麦を食わせてやろうと思ってるんだ」

答えた祥兵衛が着いたさきは、木挽町《こびきちょう》三丁目にある『やぶそば』だった。ひいきの一軒である。

十人も入ればいっぱいの店に、まだ客のすがたはなかった。

「すこし早すぎたかな」

祥兵衛が言うと、亭主は板場の奥から、

「用意はできてます。どうぞ」

気持ちよく出迎えた。

ここの蕎麦はやや柔らかめの手打ちが自慢である。それに汁《つゆ》がまた絶品だった。店によっては一子相伝《いっしそうでん》とかいって、絶対に味を変えないところもある一方、つねに工夫を凝らしお客に喜ばれる究極の味を追い求めるところもある。

やぶそばはあとの方だった。

運ばれてきたかけそばを、祥兵衛はひとくち喉《のど》に流し込んだ。いつにない香りが鼻孔を刺激した。もうひとくち飲み込んで、祥兵衛は最高の笑顔になった。その表情を見て亭主は満足そうな顔になった。彼にとって祥兵衛は絶好の試食役なのだ。

さらに一口蕎麦を喉に流し込んで、祥兵衛は顔をあげた。

「大隅先生に逢いたいと思ってきたんだがね」

今日のやぶそば訪問は、それが狙いだった。

「今日は五のつく日ですから、きっとこられるでしょう。もうそろそろじゃないでしょうか」

親父《おやじ》が言い終わらないうちに、まるでそれが聞こえたように、髭《ひげ》もじゃの大兵《だいひょう》肥満《まん》の中年男が暖簾《のれん》を分けて入ってきた。

「谷岡さんがお待ちかねですよ」

親父が言うと、男は腰掛けにどかりと腰を下ろし、

「墓場に近い歳の、むさくるしい男に待たれても嬉しくもなんともない」

祥兵衛と紫乃の挨拶に、返礼代わりの憎まれ口を利いた。

この男、大隅大膳と言い医者である。長崎で蘭学《らんがく》を修得し、その世界ではかなり将来を期待されていたらしい。ところがなにがあったのか、本人が語らないので知る由もないが、突然長崎を飛びだして江戸にやってきた。

三十間堀川《さんじっけんぼりかわ》の南にある芝口西側町《しばぐちにしがわちょう》に、しもた屋を一軒借りたのはいいが、医者の看板を出すでもなく普段はゴロゴロしている。

では医者を辞めたのかというとそうでもない。武家や町家で表沙汰《おもてざた》にしたくない病気や怪我《けが》が生じると、こっそり大隅のところに治療の依頼がくる。これがけっこう忙しい。

彼は治療にいっさい値をつけない。相手任せである。だが相手には表沙汰にしたくない事情があるから、治療費をはずむ。だから懐はいつも温かい。

一方で治療費が払えない貧乏人も診てやる。この場合は一文の治療費も取らない。相手が恐縮すると、

「なあに、もらえるところからきちんともらっている。心配はいらん」

で終わる。金持ちにとっても貧乏人にとっても、大隅はそういう意味で救世主なのである。

以前、祥兵衛が関《かか》わった事件で、生死が危ぶまれた被害者を助けてもらったことから、交流がはじまった。

大隅もまた食にはうるさい。食べ歩く店を十軒ばかり持っている。そして一のつく日はどこ、二のつく日はどこと店ごとに訪問日を決めているのだ。それをまた律儀にきちんと守る。今日は十五日、だからやぶそばにお出ましの日であった。

祥兵衛は腰掛けをずれて、大隅に身を寄せた。

「先生にちょっと相談事があって、待ってたんです」

そう声をかけたが、大隅の耳には入らなかったらしく、その目は無心に蕎麦をすする紫乃に向けられていた。

そんな視線には気づかずに、紫乃は無上の幸福感を表情に集めながら、黙々と蕎麦に食いついている。

そんな表情に目を当てていた大隅は、いきなり、

「いつも思うんだが、あんたの連れ合い、あんたに似て、ものを食うときにはじつにいい顔をするな」

感心したような声になった。

「あの笑顔がくせ者でしてね」

祥兵衛は大隅の耳に口を寄せた。あとは紫乃には聞こえないように、二人のこそこそ話になった。

「あれでころりと騙されました。まだ二十歳《はたち》前のことです。なけなしの小遣いをはたいて食い歩きをやっていました」

「そんな若造のころからの食通なのか」

「貧乏でいつも腹を空かせていた反動ではじめた食い歩きですが、そのうち味が見極められるようになりましてね。そんなときあれと遭遇したんです。おいしいものを食ったときの、あのとびきりの笑顔に惹《ひ》かれましてね。二、三度顔を合わせるうち意気投合して、気がつくといっしょになってました」

「あんたにもいい時代があったんだな。それにしてはどこか不満げな言い方だが」

「笑顔だけでは、ぐうたらな性格までは分かりません」

「ぜいたく言っちゃいかん。笑顔のきれいな連れ合いを持っただけでも、喜ばなくてはいかん」

「その笑顔なんですが、どうも最近、そこに雑念がまじっているような気がしましてね」

「雑念？」

大隅が聞き返したとき、紫乃がふっと蕎麦から顔をあげると、

「いつもとは出汁の風味が違うみたいだけど、薬味《やくみ》は生姜《しょうが》かしら」

得意げに言った。ひとこと言うことで、本人はいっかどの食通になったつもりでいるのだが、たいてい的を外れていた。

「いえ、茗荷《みょうが》を細かく刻んで入れてみました」

板場から亭主が答える。

「そう茗荷ね。生姜と茗荷、大して違わないわね」

言って蕎麦にもどった。

「あれです。笑顔の中にああいう雑念が隠れています」

「あれは雑念とは言わんだろう。しれっと負け惜しみを言うところなんか、可愛《かわい》いもんじゃないか」

「そんなもんですかね」

「わしは思うんだが、あんた、まるで欲しかった玩具を手に入れた子供のようだぞ。手に入れるまでは熱心だが、手に入れてしまうと、とたんにその気持ちを忘れてしまう。だいたいあれもこれもを連れ合いに求めるのは欲張りというもんだ。ひとついいところがあれば、多少ひねくれていようが、がさつであろうが我慢することだ」

「…………」

「もとをただせば、笑顔に引っかかったあんたに全責任がある」

「だから妻《さい》がどうしていようと、いっさい文句を言わないようにしています」

「それでいいんだ。がんらい夫婦とはそういうものだ」

「妻帯者でない先生から、夫婦のあり方を説教されるとは思ってもいませんでした」

「部外者だから、当事者には見えないものも見えるんだ」

「以後、お言葉どおりにいたします」

祥兵衛が神妙に頭を下げると、

「ところでわしに相談があると言ってたな」

ちゃんと聞くところは聞いていたようで、大隅は運ばれてきた蕎麦に箸《はし》をからませながら、顔だけ祥兵衛の方に向けた。

じつは医者としてのほかに、祥兵衛が大隅に一日おいていることがある。治療にまわるさきはかぎりなく広いし、いろんな階層ともつきあう。だからそこから得る知識は半端ではない。とにかく世事《せじ》には通じすぎるくらい通じていた。

「相談と言っても他愛《たあい》ないものでしてね。先生、一両で買えるものというと、どんなものがあるでしょうか」

これを聞くのが、わざわざやぶそばまで出向いた目的だった。すこしでも誠四郎の助けになってやろうという親心である。隠していた親馬鹿がついほころびでた。

「一両で買えるものなら、掃いて捨てるほどある」

「聞き方が悪かったようです。一両なければ買えないものと言い換えます」

「一両ないと買えないものか。すると食べ物は除外だな。着るものならもっと高いものもあるが一両でも買える。ほかには帯留めや簪《かんざし》などの装飾品かな。これならピンからキリまである」

「その品は、息子が久しぶりに逢う年老いた母親へ、手土産にしようとしたものらしいんです」

「だったら着物でも装飾品でもないな。年寄りの母親に贈ろうとしたのなら、日常に使うものだろう」

大隅は腕組みをして長いあいだ思案していたが、

「せっかくだが、どうも思い当たるものが浮かばん」

申し訳なさそうに言った。

「先生に相談すれば、見当くらいつくと思ったんですが」

「買いかぶらんでくれ。わしの知識なんてけっこう底が浅い。それを深いように見せかけているだけだ」

祥兵衛が落ち込んだのを見て、申し訳なく思ったか大隅は、

「私事《わたくしごと》だが、最近一両ちょっとの買い物をした。ここんとこ目が悪くなってな、書見《しょけん》がつらくなってきた。老眼《ろうがん》というやつだ。歳をとると水晶体《すいしょうたい》が調整力を失い、近くのものが見えにくくなる。それが老眼だ」

大隅は医者らしい説明をしたが、祥兵衛にはよく理解できなかった。ただ歳をとると、ものが見えにくくなる現象なら彼も多少の経験はある。ただ日々の生活に支障がないから、悩んだことはない。

「そこで眼鏡屋に行って眼鏡をあつらえたんだが、それが一両二分した」

「眼鏡が一両で買えますか」

もっと高いと思っていたので、祥兵衛は聞き返した。

「最近はたくさん作れるようになったんだろうな。眼鏡売りの行商人までいるそうだから、われわれの手が届くようになった。しかし久しぶりに逢う母親への手土産が、眼鏡というのもちょっと考えにくい。さっきの質問の答えにはなりそうにないな」

祥兵衛は大隅の言うとおりだと思った。ひどい災難に遭って江戸にもどってきた男が、母への土産に買ったのが眼鏡というのは、なんとなくピンとこないのだ。

七

その日の夕餉、笠の屋事件のその後《ご》が話題になった。

「最近車力屋につとめだした甚六という男が、例のお守り袋を覚えていました。笠の屋の弥平を手にかけたのは、彼とは働き仲間のハチと呼ばれる男のようです」

誠四郎が切りだした。

「それはそれは朗報ですね」

言ったのは茄子《なす》の田楽《でんがく》に舌つづみを打っていた紫乃である。

「その甚六なんですが、ハチとは目赤不動のまえで別れたと言っています。どうもその近くにハチの住まいがあるようなんです。六尺を越えた大男で鼻の横の大きなほくろが目印。母一人子一人の暮らしだそうですから、それを手がかりに明日から駒込のあたりを虱潰《しらみつぶ》しに当たってみようかと思ってます」

「それはどうかな?」

とろろ汁の椀《わん》を持ち上げながら、祥兵衛はボソリと言った。

「なにか問題がありますか」

「そのハチという男を、おまえは駒込近くに住んでいると考えているようだが、それは違うんじゃないか。駒込に住むものが、おなじ界隈の指ケ谷へ盗みには入らないだろう。人を殺《あや》めたのは考えの外《ほか》だったとしても、盗みに入るんだ。だれだって素性が知れないよう、意図してなじみのない土地を選ぶんじゃないのか」

言われて誠四郎は目が覚めた顔になった。

「そのとおりですね。うかつでした」

「ハチが甚六と目赤不動のまえで別れたのは、住まいが近いからではなく、盗みに入る店を物色するためだったんだ」

「すると下手人は相変わらず闇《やみ》の中。せっかく追い詰めたと思ったんですが、ぬか喜びでしたか」

誠四郎は箸を持ったまま動かなくなった。それを見て春霞は、小皿に取り分けた新《しん》牛蒡《ごぼう》の煮付けを彼のまえにおいた。

「あなたの好物の新牛蒡です。香りがよくて、いい気分転換になりますよ」

心遣いを見せたが、誠四郎は生返事を返したまま動こうとしない。せっかく手がとどくと思った下手人が、また闇の中に消えてしまった。まだ輪郭さえつかめていない相手の探索をどう進めるか。そのことで誠四郎は頭がいっぱいなのだ。

「そのハチだが、母一人子一人だったという以外に手がかりはないのか」

「母親がなにか手細工の技を持っているようで、もう五十に手がとどくというのに、まだ仕事をつづけているという話です」

「年取って、まだ手細工仕事とは立派なもんだ」

「でもさすがに歳が目にきているようで、ものが見づらくなったと飛脚便でグチってきたそうです」

聞いて祥兵衛の目が光った。

「その母親、目を悪くしているのか？」

「はい」

「それだ！　ハチが持っていった一両は、母親への眼鏡を買うためだったんだ！」

「眼鏡ですか？」

誠四郎は要領の得ない顔になって祥兵衛を見た。

「今日、大隅先生に逢ったんだが、先生は目を悪くして、一両二分で眼鏡を買ったとおっしゃってた」

「へえ、眼鏡って一両で買えるんですか。私はもっと高いもんだと思っていました」

「眼鏡に縁《えん》のないものはみんなそう思う。ただたくさん作れるようになって、値下がりしているようだな。眼鏡の行商人もいると、大隅先生は話しておられた」

「知りませんでした。それでもまだ眼鏡の店って、そう多くはないでしょう。江戸中探しても知れている。さっそく明日から手をつけてみます。うまく行くと、ようやく下手人の尻尾《しっぽ》がつかめるかもしれません」

元気を取りもどして誠四郎は、新牛蒡の皿を取りあげた。

店舗数がまだわずかというところへ運も手伝って、翌日の昼前に伊之助が東仲町《ひがしなかちょう》にある曙《あけぼのや》屋という眼鏡屋で、下手人らしい男が眼鏡を買っていったという情報をつかんできた。

誠四郎はすぐに東仲町に飛んだ。店主の言う、買っていった男の風采は、車力屋で甚六から聞いたハチと合致した。

ようやくつかんだ下手人の尻尾だった。すこし気は楽になったものの、下手人の所在は相変わらず闇の中である。

眼鏡屋が見つかったという報《しら》せを、誠四郎はすぐ祥兵衛に伝えにもどった。習字の時間が終わって子供たちは後片付けをしている。祥兵衛も子供に混じって手伝っていた。

誠四郎のすがたを見かけると、祥兵衛は子供たちに、

「片付けがすめば帰っていいぞ」

と言い残して居間に上がってきた。

「かなりの前進ではないか」

誠四郎の話を聞いて、祥兵衛はわがことのように顔をほころばせた。

「事件の様相《ようそう》は分かってきましたが、下手人の所在にはまだ手もとどいていません」

「問題はそこだな」

「そこで行き詰まっています」

紫乃のすがたは見えない。きっと昼寝の最中だろうと、誠四郎は立ってお茶を淹《い》れてきた。

それまで無言で瞑目《めいもく》していた祥兵衛が、お茶を一口飲んだとたん、

「ひとつ賭《か》けてみるか」

ボソリと言った。

「なにに賭けるんですか」

「話で聞くかぎり、ハチというのは生真面目《きまじめ》な男のようだ。そういう男が人を手にかけてしまった。後悔の念は大きいだろう」

「でしょうね」

「笠の屋弥平がどこに葬られたか分かるか」

「駒込の仏生寺《ぶっしょうじ》と聞いています」

「そこを張ってみるか。真面目な男なら罪滅ぼしと考えて、殺した相手の墓にこっそりお参りにくるかもしれん。賭けとはそのことだ」

「分かりました。伊之助に言って張り込んでもらいましょう。私も手伝いますがべつに抱えている仕事があるので、終日というわけにはいきません」

「いつ来るか、あるいはこないかも知れない相手を見張るんだ。伊之助任せでは気の毒だ。ようし、わしも手を貸そう」

「子供たちの面倒は大丈夫ですか」

「遊びの用意さえしておいてやれば、それで十分。読み書きがお休みになればみんな大喜びだ」

仏生寺で聞くと、それらしき男性が笠の屋弥平の墓に詣《もう》でてるのを一度見かけたという。

「すがたはちらと見かけただけなのですが、供花《くげ》が新しく供えられていたので、笠の屋さんの墓参と分かりました」

聞かれて住職は言った。祥兵衛の賭けは的中したようだ。

結局祥兵衛が協力して、伊之助と一日交替で仏生寺を見張ることになった。

その男がすがたを見せたのは、張り込みをはじめてから三日目、張り番が祥兵衛のときだった。

背の高い男が水桶《みずおけ》と線香と供花を手に墓地にすがたを見せた。張り込んでいる祥兵衛のまえを通ったとき、鼻の横の大きなほくろも確認できた。ハチに間違いはない。やっとつかんだ下手人の正体だった。

線香を焚《た》き、供花をそなえて男は長い時間、笠の屋弥平の墓前に額《ぬか》づいていた。祥兵衛は気配をさとられないように、かなり離れた場所から男の様子をうかがった。

やがて男は立ち上がると仏生寺をあとにした。その背後に祥兵衛がはりついた。男は屈託ありげな様子で、根津《ねづ》から不忍池《しのばずのいけ》、下谷《したや》を通り抜けて隅田川に出た。吾妻橋を渡り、男が帰り着いたさきは小梅代地町《こうめだいちちょう》の一郭《いっかく》にある裏店《うらだな》だった。

男がすがたを消した家を確認して、祥兵衛は通りかかった長屋の女房を呼び止めた。気のいい女なのか、暇を持てあましているのか、祥兵衛の質問に気持ちよく応じてくれた。

その結果分かったのは、男の本名は喜八《きはち》だということ。根は真面目な男なのだが仕事運に恵まれず、五年ほどまえから出稼ぎに出ていたが、最近もどってきたこと。喜八の母親はつねと言い、簪の飾《かざ》り職人としてはかなりいい腕の持ち主で、いまでも注文が絶えず、五十代半ばだというのに、まだ現役《げんえき》で頑張っていることなどだった。

「つねさんの亭主は多平《たへい》さんと言ったんだけど……つまり喜八のお父《と》っつぁんだね。これが簪の飾り職人としては、ちょっと名の知られた人だった。それが八年ほどまえに病気で亡くなっちまってね。多平さんを手伝っているうち習い覚えたのか、つねさんがあとを継いだ。これがまた腕がいいと評判で注文が絶えない。日頃つねさんは『仕事が私に楽させてくれません』なんてぼやいてるけど、けっこう仕事を楽しんでるんじゃないかね。あの人、この長屋の誇《ほこ》りだよ」

女房はそう言って胸を張った。その言葉につねへの畏敬《いけい》の念が感じられる。長屋の誇りと言った言葉に嘘はないようだった。

女房と別れると祥兵衛は、こっそり喜八のうちを覗《のぞ》いてみた。風を通すためか表障子が半分ほど開けられてある。上がり框からすぐが座敷になっていて、つねらしい老婆のうしろすがたが見えた。作業台に向かって盛んに手指を動かしている。飾りの彫り込みをしているのだろう。

その耳に眼鏡の紐《ひも》が見えた。喜八のすがたは見えなかった。

そこまで見届けて、祥兵衛はそっと長屋を離れた。

八

その足で祥兵衛は八丁堀の役宅に向かうと、誠四郎が奉行所からもどるのを待った。

報告を聞いて誠四郎は、

「ありがとうございました。おかげでやっと下手人に手がとどきました」

姿勢をあらためて礼を言うと、

「想定どおりでしたね。出稼ぎさきで大水の災害に遭い、無一文同然になって江戸にもどってきた喜八が、眼鏡を母親への贈り物にしたいと考え、その金欲しさに笠の屋に忍び込んだ。そこを笠の屋の主に見つかり、もみ合ううちにうっかり相手を刺し殺してしまった。これで筋が一本通りました」

「分かってみれば、単純な事件だった」

「さっそくこれから小梅代地町までひとっ走りしてきましょう」

すぐにでも駆け出そうという勢いの誠四郎を、祥兵衛が止めた。

「あの様子じゃ喜八は逃げたりはせん。捕まえるのは明日でもいいだろう。もうひと晩、親子水入らずのときを過ごさせてやれ」

そのときはそれで収まったが、この話題で夕餉の場が紛糾《ふんきゅう》した。

誠四郎が、

「父上のおかげで、やっと事件の全貌《ぜんぼう》がつかめました。さっそく明日にでも喜八をしょっ引きます。これで一件落着です」

ここ数日の話題にけじめをつけるつもりで言ったのに対し、紫乃が、

「かわいそうに。喜八という人、そう悪い人ではないように思うのですが、お目こぼしはできないんですか」

と言い、

「それはできません」

誠四郎がきっぱり言い切ったことから、二人は対立した。

「盗んだのはわずか一両でしょう。それがそれほど目くじらを立てることですか」

「喜八は人を一人殺しているんです」

「でもそれはものの弾みで起きたことでしょう。お奉行所には情《なさ》けというものがないのかしら」

「お情けは、罪状を決めるときに配慮されます」

「結局罪には問われるのですね。おなじ罪を被《かぶ》るなら喜八さん、二十両みんな持っていけばよかったのに」

一瞬、座に白けた空気が流れた。

口を切ったのは、それまで黙って寄せ卵に集中していた祥兵衛だった。

「いまのひとこと聞き捨てならんな。すくなくとも奉行所に関わりあるものの家族が口にすべきではない」

めずらしく口調が尖《とが》った。

「あら、私は思ったままを言ったまでです」

「言っていいことと悪いことがある」

今度は祥兵衛と紫乃との空気が険悪になりかけたので、誠四郎が割って入った。

「母上、喜八がどうあろうと犯した罪は消せません。ちゃんと償わせなければならないんです」

「そんなこと、言われなくても分かっていますよ。でも罪を犯せば捕まえ裁きにかけて処罰する。それをただ杓子定《しゃくしじょう》規《ぎ》にくり返すだけなら、同心なんてバカにでもできます」

「バカとはなんですか。そういう言い方はないでしょう！」

誠四郎は本気で怒ってしまった。

「正直に言ったまでです。目を悪くした母親に、せめて眼鏡を買ってあげたいと思い、その一念で一両盗んだ。盗んだことは悪いけど、その母親思いの子供の気持ちが配慮されないなんて、そんな奉行所ならなくてもよろしい」

「もういい。あんたと話してると、話がどんどんとんでもない方向に飛んでいく。しばらく黙ってなさい。せっかくの料理がまずくなる」

祥兵衛までが色をなし、座が気まずい空気が満ちかけたとき、春霞が口を挟んだ。

「私、お義母さまの気持ちよく分かります。母親思いの喜八さんがやったことは、いちがいに悪いと言いきれないと思うんです。でも人のお金に手をつけ、はずみとはいえ人を殺してしまった。その行為は罰せられて当然です。お義母さまのおっしゃりたいのは、罪を犯した状況はそれぞれ違うのに、法度《はっと》では人を殺せば一律に罰することになっている。それは理屈に合わないいんじゃないかと、そういうことだと思うんです」

「だからそれは、罪状を決める場合に考慮される」

誠四郎が言うのに、

「間違いないのですね」

春霞から訊《たず》ねられて、誠四郎は苦しそうな顔つきになった。

答えたのは祥兵衛だった。

「いまのお奉行、朝倉備前守《あさくらびぜんのかみ》はわしが同心を務めていたときからのお人だ。だから性格はよく分かっている。物事を公平に、へだてなく見ることのできる人だ。今度の場合でも喜八の立場を十分考慮されるだろう。だがお奉行が一人で決裁するわけではない。それを協議する中には、春霞さんが言った法度を一律に見るものがいないとは言えん。だからどういう裁きが出るかは、簡単には結論できないのだ」

「そうでしょうね。分かっていて、つまらぬことを申し上げました」

紫乃の立場が立つように広げた話を、春霞はあっさり引っ込めた。

「いずれにせよ、明日喜八を取り調べます」

誠四郎が言うのに、

「直接家に乗り込んで、お母さまの目のまえで身柄を引き立てられるのですか」

春霞が眉をひそめた。

「それより方法がないでしょう」

「それごらんなさい。奉行所ってそういう血も涙もないところなんです」

紫乃が言い、また紛糾が盛り返しそうになって、春霞はあわてた。

「私、思うんですけど、仏生寺さんの話だと、喜八さんはちょくちょく笠の屋さんのお墓参りをされるんでしょう。だったらそれを待ってあげて、お母さまの目のとどかないところで、同行を求められたらいかがでしょう」

春霞が言うのに、

「それがいい。あと三日や四日待ったところで、喜八は逃げたりすまい」

祥兵衛が賛成して、それが結論になった。

明くる日から誠四郎と伊之助は仏生寺に張り込んだ。

三日目、やはり喜八は仏生寺にあらわれた。お参りをすませるのを待って、誠四郎は喜八のまえに立った。

「駒込の笠の屋さんの殺しの件で、ちょっと聞きたいことがある」

誠四郎が言うと、

「すみません。おれが笠の屋さんを殺しました」

喜八はあっさりと罪を認めた。

「でも、殺すつもりはまったくなかったんです。店が留守になるのを見て忍び込んだのですが、親父さんに見つかってしまって……その手に鋏が握られているのを見て、おれを刺すつもりだと早とちりして……戸口近くでもみあっているうちに、ああなってしまったんです」

誠四郎はうなずいた。検証のとき戸口近くで見つけた血の飛沫がこのときのものらしい。

「でも親父さんは案外しゃんとしてましてね。刺した鋏をそのままで、なぜ金を盗もうとしたのか、その事情を聞かせろと、丸太の切り株の踏み台に腰掛けて、おれの話を聞いてくれました。聞き終わると、隣の部屋の茶簞笥に金が入っているから持って行けって……おれが一両だけちょうだいしますと言うと、親父さん、おまえっていいヤツなんだな。いいかこれっかぎり、二度と悪心を起こすんじゃないぞって諭《さと》されて……出がけに医者を呼んできますと言ったんですが、泥棒が医者を呼んでくるなんて笑い話にもなりゃしない。大丈夫、こんなのかすり傷に毛の生えたようなもんだ。手当は自分でするから心配するなって、笑顔で送り出してくれました」

「いまの話だと、そのときの笠の屋の主の様子は、死に至るほどの重傷ではなかったようだな」

「はい」

「もうひとつ聞く。いま笠の屋の主は踏み台に腰掛けたと言ったが、帳場があるかまちのまちがいではないのか」

死体が見つかったのは帳場のあたりである。だが丸太の踏み台はもっとさき、裏口近くにあった。

「その踏み台、裏口近くに置かれてあったと思うのだが」

「いえ、帳場からすぐの土間でした」

「まちがいないか」

「まちがいありません。笠の屋の親父さん、そこにすわっておれの話を聞いてくれたんですから」

もし喜八の話がほんとうなら、だれかが踏み台を動かしたことになる。誠四郎が現場に着いたとき、すでに踏み台は裏口近くにあった。すると動かしたのは娘の佐代か自身番の番太だろう。

事情はあとで聞くとしても、誠四郎に解せないのは、踏み台を動かさねばならない事情だった。いくら考えてもその必要に思い当たらない。

「ところで笠の屋さんが仏生寺に葬られていると、どうして知ったんだね？」

「怪我させたことが気になって、明くる日、様子を見に行ったんです。すると親父さんが死んだって聞いて……あのときちんと医者を呼んでおけばよかったと後悔しました」

「……」

「葬儀のあと、親父さんのお骨が仏生寺におさめられたと、近所の人が話しているのを聞きまして、墓にお参りすることだけが、自分にできるただひとつの罪滅ぼしだと……」

「……」

「あんないい人を殺してしまったと思うと、すぐに自首して、罪をつぐなわなければという気持ちはあったんですが、年老いた母親に心配をかけたくないって思いがさきに立って、ついつい今日まできてしまいました。もうしわけありません」

そう言うと喜八は素直に両腕を差しだした。

誠四郎はその手をゆっくりと押しもどすと、

「そのまえにおふくろさんに逢ってこい」

「え？」

「新しい仕事が見つかって、しばらく家にはもどれないとでも言いつくろって、おふくろさんに心配かけないようにすることだ。奉行所にも情けというものがある」

母紫乃に言われた言葉が、そのまま気づかないうちに誠四郎の口をついていた。

喜八の目にみるみる大粒の涙がふくれあがり、それが声のない嗚咽《おえつ》になった。

誠四郎は喜八を伴って、上野山下から浅草の寺通りを抜け、吾妻橋のたもとまでくると、

「私たちはここで待つ。ゆっくりおふくろさんに別れを言ってこい。へんにさとられて心配させないよう、きちんと説明してくるんだぞ」

うなずいて駆けだしていく喜八を見送って、

「旦那もだんだん先代に似てきますね」

伊之助が言った。

「そうか」

「先代は事件の解決に容赦のない人でしたが、罪を犯した人間への心配《こころくば》りは相当なも

のでした」

九

喜八はすでに罪を認めていたから、裁きは短期間で決着した。裁定は江戸市中からの追放……三年の江戸払いであった。

すべてが終わった。ただ誠四郎の心には、釈然《しゃくぜん》としないものがわだかまって残っていた。その正体は、喜八の告白を聞いたときに芽生えた、二つの疑問であった。

ひとつは腹に傷を負った笠の屋弥平が、切り株の踏み台に腰を下ろして喜八の話を聞いてやった。その様子から、弥平の傷は決して死に至るような重いものではなかったと思われる。だが弥平は死んだ。なぜかという疑問がまずひとつ。

そしてもうひとつ、弥平が腰掛けた踏み台が、場所を移し替えられていたということだ。では誰が踏み台を動かしたのか。それをやったものといえば、弥平の娘佐代しかない。

誠四郎はすでに佐代からの聞き込みをすませていた。佐代はもとから踏み台はあの場所にあったと思うと応えたのだ。あるいはそれは佐代の虚偽の証言かもしれない。

だとしても、ではなぜ踏み台を動かさねばならなかったのか、その必要性に誠四郎はまったく思いが至らなかった。

その誠四郎に気の重い仕事が残っていた。笠の屋に出向いて、裁定の結果を伝えなければならないのだ。

その逡巡《しゅんじゅん》を振り切って、誠四郎が駒込に向かったのは、採決が下りてから十日は過ぎていた。

佐代は父のあとを継いで、昼間だけ店を見ているという。誠四郎が訪ねたとき、佐代は帳場にすわって帳面づけをしていた。

誠四郎を見ると佐代はすぐお茶の用意に立った。座敷にどうぞと言うのを断って、誠四郎は上がりかまちに腰を下ろした。

「例の喜八ですが、三年の江戸払いと決まりました」

誠四郎は父を殺された娘として、罪が軽すぎるとの抗弁が返ってくるものと予想していた。

だが佐代は、「そうですか」と言ったきり、あとはうつむいて、つぎの言葉を口にしなかった。

「人を一人殺めたにしては、軽すぎる刑と思われるかも知れませんが」

誠四郎が言ったときも、やはり黙したままだった。誠四郎の目に、それはなにか心の内側で起きているものと、佐代が必死で戦っている様子にも見えた。

「喜八の告白によりますと、やはりあなたの想定どおり、笠の屋さんは喜八から話を聞いて、お金のあり場所を教えてやったそうです」

「……」

「ただその喜八の告白の中に、ちょっと気になるところがありましてね。そのことでぜひ、あなたのご意見もうかがいたいと……」

「……」

「喜八の話だと、腹に傷を受けたあとも、笠の屋さんは案外しゃんとしていて、とても死ぬとは思えなかったと言うのです。ところが私が検死したときは、腹部の凶器は内臓深くまで突き立っていて、帳場近くの上がりかまちにうつぶせで倒れていた。踏み台に腰掛けて話していた人が、どうしてそういうことになったのか。そこになにか隠れた事情があると思えて仕方ありません。それと笠の屋さんが腰掛けていたという踏み台です。それが誰かの手で場所を移されていた。それらをまとめての私の推理を聞いていただけますか」

誠四郎がそこまで言ったとき、佐代はきっと顔をあげると、

「いいえ、そのさきはおっしゃらないでください。私から申し上げます」

覚悟を決めた目の色になって誠四郎をまともに見ると、圧倒されるほどの強い口調になった。

「私が見つけたとき、父は帳場の框に被さるようにして事切《ことき》れていました。そして踏み台に父の草履の滑り跡が残っていたのです。それでおよその判断がつきました。父は傷の手当に板敷きの間に上がろうとして、踏み台で足を滑らせ、框に倒れたはずみに自分の重みで脇腹の鋏が内臓深く突き刺さり、それが命取りになったのだと」

「………」

「だったら事故による死です。でも父を刺した下手人は間違いなくいたのです。もし本当のことが分かると、下手人は相手を傷つけただけの微罪ですんでしまいます。そうはさせない。いきさつはどうあれ、父が死ぬきっかけを作った相手です。その相手に助けの手を貸すことはできない。私はそのときそう思いました」

「それで足を滑らせた証拠の残る踏み台を、別の場所に移しかえて事実を消そうとしたんですか」

「はい。引きずって跡が残るのを怖《おそ》れて、重いのを我慢して運びました。私、あのときどうかしてたんです。私の細工のせいで喜八さんを人殺しにしてしまいました。でもしばらく自分のしたことに反省はしていませんでした。人殺しとして捕まればいい気味だ、くらいに思っていました」

「……」

「自分が取り返しのつかないことをしでかしたと気づいたのは、喜八さんという人がちょくちょく父の墓参りをしてくれていると知ったときです。娘の私でさえ骨を寺に預けたっきり、一度しかお参りしていないのに……仏生寺さんから聞いたとき、私は自分がやった罪の深さにこころが震える思いがしました」

「……」

「傷を負わせただけの喜八さんを、人殺しにしてしまった。その責はすべて私にあります。お役人さん、いったい私はどうすればいいのでしょう」

すがるように目を向けてくる佐代に、誠四郎はかける言葉を失っていた。佐代の告白は誠四郎の想像どおりだった。だとすれば喜八は笠の屋弥平に傷を負わせたに過ぎない。それを殺人として報告を上げたのは自分なのだ。

だからと言っていまさらどうにもならない。喜八への裁定はすでに決しているし、すでに執行されて喜八は江戸にはいない。いったいどうすればいいのか。

誠四郎は真実を知ったところで、冤罪《えんざい》を作ってしまった罪と面と向かうことになり、うろたえている自分を発見した。

「谷岡同心、またなにをやらかしてくれたんだ！」

怒色半分、不安半分の顔で、武井与力が同心溜まりに乗り込んできたのは、その翌日のことであった。

心当たりのない誠四郎が、怪訝《けげん》な顔で武井を見返すと、

「お奉行がお呼びだ。なにもなくて、お奉行から同心風情にお声のかかるはずがない」

「お奉行が私を？　はて、まったく心当たりがありませんが」

「とにかくすぐに行け！」

言い捨てるようにして武井与力はこちらに背を向けた。

誠四郎は身に覚えがないまま、南町奉行朝倉備前守が私室に使っている裏居間へと向かった。

壁にもたれて書見の最中だった朝倉奉行は、誠四郎を招き入れると、しげしげとその顔を見た。

「そなたが谷岡もと同心のご子息か」

嘗《な》めるように誠四郎の顔を眺めたあと、太い声でそう聞いた。

「はい、父のあとを継いで一年になります」

一同心がてっぺんの存在である奉行と、顔を合わせることはあっても、言葉を交わすことなどほとんどない。朝倉奉行が誠四郎のことをよく知らなかったとしても、べつにおかしい話ではなかった。

「昨夜、谷岡もと同心がわしの私邸にやってきてな」

奉行は誠四郎の言葉にうなずいてから、ボソリと言った。目から鼻、口から耳、なにもかも大作りな顔立ちの、どこか茫洋《ぼうよう》としてとらえどころのない風貌の持ち主である。

「父がお奉行さまのところへ？」

「知らなかったか。同心を辞めてからも、月に一度か二度、必ずそなたの父上はわしを訪ねてきてくれている」

「存じませんでした」

「現役の頃からつづいている習わしだ。わしと谷岡もと同心とはいい碁敵《ごがたき》でな」

「父が陰で詰碁同心と呼ばれていることは聞いていましたが、まさか実際に碁を打つとは知りませんでした」

「わしが碁の相手がいなくて寂しがっているのを知って、わざわざ碁の勉強をしてくれたそうだ。そういう気配りのできる優しい人だ。だからと言って奉行と同心が人目のあるところで碁を打つわけにはいかん。そこで夜になってからこっそり私邸にきて手合わせをしてくれたというわけだ。腕の程度が似たようなものなので、楽しい手合わせがいまもつづいている」

そんなことを父祥兵衛はひと言も話したことがない。聞いて誠四郎は父の隠れた一面を改めて発見したような気がした。

「その谷岡もと同心から昨夜、わしに息子の話を聞いてやってくれないかと頼まれてな、こうしてきてもらった。ところでわしに話したいこととはなんだな?」

言われて誠四郎ははたと気がついた。昨日笠の屋の佐代から聞いた話を父に聞かせ、どうしたものかと相談してみた。

誠四郎は傷害を犯しただけの相手を、誤って殺人者に仕立ててしまった。このままでは喜八に申し訳が立たない。なんとかするのが冤罪を仕立ててしまったものの責任だと思うが、どうすればいいか、よい手立てが浮かばない。父にも解決の策がないと分かっての相談だった。

その息子の苦衷《くちゅう》は十分通じたようで、しばらく考え込んでいた祥兵衛は、

「わしなりになにかいい手を考えてみよう」

と応えてくれたのだった。

きっとそのことを朝倉奉行に持ちかけてくれたに違いないと直感して、誠四郎は事件のいきさつを聞いてもらうことにした。

聞き終わっても朝倉奉行はしばらく無言でいたが、やがて、

「難しい問題だな」

ポツリと言った。

「笠の屋弥平の死が、事故死かもしれないというのは、娘佐代の想像だろう。だがそれを実証するものがなにもない。それが証明されないかぎり、喜八の人殺しの罪は消えない。だが遺族が父の死を事故と認めているなら、事実の詮索《せんさく》はどうあれ、喜八の罪は軽減せねばなるまい」

「……」

「構《かまえ》（刑罰）は江戸払いだといったな」

「はい、江戸払い三年です」

「刑に服する態度神妙につきとして、刑期を短くする手はある」

「しかし前例がありません」

「なければ作ればいい。与力や同心がこれをやっては混乱のもとだ。わしがやればどこからも文句はでまい。谷岡同心、この問題わしが預かった」

言うと朝倉奉行はもう用はすんだとばかり、書見にもどった。

十

そのころ、祥兵衛は小梅代地町の裏店につねを訪ねていた。息子がいなくなって一人暮らしにもどったつねが、どう暮らしているかがちょっと気になったのだ。家は分かっている。

祥兵衛は立てつけの悪い障子戸を開けて、

「おじゃまするよ」

と声をかけた。

作業台にかがんでいたつねが、声に気づいて顔をあげた。はじめて見る訪問客にしばらく不審の目をあてていたが、

「どちらさまでしょう。もしかしてお役人さま？」

ボソリと言った。

祥兵衛は驚いた。武士《ぶし》であるのを隠すために、髷《まげ》を町人髷に結い、貸衣装屋で借りた衣装で、町家《ちょうけ》の旦那風に身繕《みづくろ》っている。まさか簡単に正体を見破られるとは思ってもいなかったのだ。

「どうしてそう思う？」

「隠してもお役人さまには、独特の匂《にお》いといいますか、空気のようなものが身にまといついています」

つねは手を止めて祥兵衛に向き合った。その目に眼鏡がなかった。

「参ったな。たしかにわしはもと同心。ただし言っとくが、とっくに同心を辞めて、いまは悠々自適《ゆうゆうじてき》の隠居暮らしを楽しんでいる。早く役人臭《やくにんしゅう》を消したいと思っているのだが、見える人には隠せないらしいな」

頭を掻《か》きながら、祥兵衛は上がり框に腰をおろした。

「その年寄りが、なにが目的でこんなところにきたかと不思議に思うだろ。他意はない。五十を過ぎて、まだバリバリの簪の飾り職人の婆《ばあ》さんがいると聞いて、ちょっと覗かせてもらったんだ」

「そうでしたか。じゃあまあごゆっくり。そのまえにお茶でもさし上げましょう」

「気をつかわんでくれ。しばらく仕事ぶりを拝見したら、すぐに退散する。それにしても見事な手細工だな」

台の上におかれた彫りを見ながら、祥兵衛はお世辞でなく感嘆の声をあげた。それほど繊細《せんさい》で緻密《ちみつ》な彫り模様である。生まれつき非凡な才能の持ち主なのかもしれない。

「まだまだ未熟で、なかなか気に入ったものが彫れません」

「自分の作品に満足しないのが本物の職人だと聞いている。婆さんもそのくちだな。ところで歳を取ると細かい作業は辛いだろう。あとを継いでくれるものはいないのかね」

「息子が一人いるのですが、こっちの才能はさっぱりでしてね。私は亭主に教わってはじめた簪彫りなのですが、子供はどちらの筋も引いてないようで」

「そういえば最近息子さんが、ここにもどってきていたと聞いたが」

「商売の元手を稼ぐと出稼ぎに出てたのですが、急にもどってきましてね。本人はひとことも口にしませんが、どうやら大きな災難に遭って、無一文でもどってきたようなんです」

「それでいまは？」

「また出稼ぎに行くと言って、出ていきました」

つねは喜八の出稼ぎ話を疑っていないようだった。

祥兵衛はなんとなくホッとした。

「するとまだしばらく婆さんは楽できないな」

「はい。いつもどるか分かりませんが、もどってきたときすぐ商売に手がつけられるよう、元手づくりは私がしておいてやらなければと……」

「息子だって頑張ってるさ。あんがい早くもどってくるかもしれん」

「だといいんですがね」

「……？」

「はじめての方にこんな話はどうかと思うんですが、じつはあの子、もどってくるときに眼鏡を買ってきてくれましてね」

「なかなか親孝行な息子じゃないか」

「それなんですが、さっきも言いましたようにあの子、江戸には無一文で帰ってきたようなんです。それなのに土産にと高価な眼鏡を……なにかよくないことに手を出したんじゃないかと、それが心配の種になってましてね。それであなたを見たとき、あの子のことでこられたお役人じゃないかと……」

「それは驚かせてすまなかった。いまの話、婆さんの思い過ごしのような気がするな」

「私もそう思うことにしています」

「そうだ、息子の親切は素直に受けておいた方がいい。ところで婆さん、息子さんが土産にしたという眼鏡はどうしたんだね」

「それなんです。あの子ったら性格はいいのですが、どこか抜けてるところがありましてね。買ってきてくれた眼鏡は手に持って見るものなんです。加工仕事の私はいつも両手がふさがっていて使えないんですよ。それで耳にかけられるよう紐をつけてはみたんですが、すぐにずれ落ちてしまって……それに眼鏡って、それぞれの目に合わせて選ぶものでしょう。ところが買ってきてくれた眼鏡、私の目には合っていないんです。使うとかえってものが見にくくて……あの子がいるときは無理してかけていたのですが……」

「そうか、せっかくの息子の心遣いが、行き違ったか」

「いなくなってからはほら、あそこにおいて……」

つねは神棚に祀《まつ》られた木造《きづく》りのお社《やしろ》に目をやった。お社のまえに眼鏡がきちんとおかれてある。

「眼鏡をあの子だと思って、今度こそ災難に遭わずに無事もどってくるように、毎日神さまにお願いしています」

「いい話を聞いた」

「でも眼鏡のない目がいつまで持ちますやら。だんだん細かいところが見えにくくなりましてね。でもあと一、二年は石にかじりついても、あの子のためにも頑張ってやらなきゃ」

つねは自分に言い聞かせるように、声音《こわね》を強めて言った。


それから数日あと、つねのところに意外な客があった。曙屋《あけぼのや》という眼鏡屋の主だった。怪訝な顔で迎えるつねに、曙屋は自己紹介すると、

「こちらの喜八さんに依頼されながら、つい出向いてくるのが遅くなって申し訳ありません」

まず詫《わ》びた。

「喜八がなにかお願いしましたか」

「以前買っていただいた眼鏡が、どうもこちらの目に合っていないようだとか。すぐに取り替えて欲しいと申されましてね。ご本人にきていただければ、すぐ取り替えますと申し上げたんですが、暇なときでいいからこちらまで足を運んで欲しいと言われまして……それが忙しさにかまけてつい今日まで延び延びになってしまいました。ま

ことに申し訳ありません」

曙屋はまた詫びると、下げてきた木箱を開けた。中には眼鏡が並んでいる。曙屋はそれをいくつかとりだしてつねの目に合わせると、中からつねの目に合ったひとつを選びだした。

「これがいいようですね。とにかくしばらく使っていただいて、具合が悪いようならいつでもお取り替え致します。それに眼鏡のつるも耳にかけられるものに替えました」

そう言うと、木箱を抱えて曙屋は立ち上がった。

「あの、取り替えてもらった眼鏡、まえのものより高価なように思うのですが……」

「多少値は張ります。でもその分は喜八さまからちょうだいしております」

「それにここまで足を運んでいただいた入り用だって……」

「それも喜八さまから……」

「今日のこと、お願いしたのは間違いなく喜八でしたか？」

「ご本人はそう名乗られましたが」

「あの子、眼鏡が私に合っていないことを、どうして知ったのでしょうね？」

「……！」

「きっとこの眼鏡、喜八ではなく、喜八の後押しをしてくださっているどなたかが注文してくださったのでしょう。もしその方に逢われることがあれば、お気持ちはありがたくちょうだいしますとお伝えください」

曙屋が吾妻橋を対岸の橋のたもとまでもどってきたとき、目のまえに祥兵衛が立った。

「世話をかけたな」

祥兵衛は軽く頭を下げた。

「言われた通りにやりましたがね、カンのいい婆さんで冷や汗をかきました。ありゃなにもかもお見通しですよ」

曙屋は思い出したように額の汗を拭いた。

「だろうな。わしも簡単に変装を見破られた」

「なんとか言われた役割は、きちんとこなしたつもりですがね」

「ご苦労だった」

「旦那だって向こうに正体は見抜かれていますよ。喜八さんの後押しをしてくださっているどなたかに、感謝の気持ちをお伝えくださいと言《こと》づてされました」

「そうか、みんなお見通しか」

「人助けだと言われて引き受けましたがね、こんな冷や汗ものの仕事はこりごりです。ただ自分の演技を見破られていると分かっても、なんだかさわやかな気持ちでした」

「ほんとに無理を言ってすまなかった。で追加の払いだが、いくらになる」

「それはいただけません。きちんとした商品をとどけるのは売った方の義務です。合わない眼鏡を売りつけた責任は取らせていただきます。それから新しいつるは私からの心付け……事情はよく分かりませんが、すごくいい話に私も加えてもらったようで、追加の払いはそれへの参加費ということで……」

「ありがたい」

「そのかわり旦那、もし眼鏡が入り用になったときは、私どもの店をご利用願いますよ」

ちゃっかり曙屋は商売根性を忘れずに言った。

「ああ、そうしよう」

「じゃあ、私はこれで……」

曙屋は頭をひとつ下げて、広小路を東仲町の方へと歩き去った。

日暮れが近いのだろう。あかね色に縁取りされた綿雲が、西の空に真綿を重ねたように盛り上がっている。そんな真綿雲に目をあてながら、祥兵衛はなにか暖かいものに包み込まれるような気持ちになった。

心を温めている原因は今度の事件にある。

不思議なことにこの事件には悪人が一人も登場しない。むしろ善人過ぎる人ばかりが関わっている。善人ばかりがいて、それなのに殺人が起きてしまった。人の世の仕組みはまことに皮肉にできている。

あかね色に盛り上がる真綿雲を見ながら祥兵衛は、これまで手がけてきた多くの事件の中で、今回ほど清々《すがすが》しい気持ちで幕引きを迎えた事件ははじめてだと思った。

あとひとつ残っている気がかりは、誠四郎が喜八に間違った罪を着せてしまった一件である。それも無理を頼んだ朝倉奉行がなんとか救いの道を考えてくれるだろう。

そんなことをあれこれ考えながら、祥兵衛はそこから立ち去りかねて、真綿雲に身も心も包まれる思いの中で、いつまでも凝然《ぎようぜん》と立ちつくしていた。

第二話　殺意の在処《ありか》

一

ひと晩、江戸の町に大風が吹き荒れたと思うと、明けた朝は夏の名残の暑さが消え、すっかり秋色の空気に入れ替わっていた。

昼前になると、南町奉行所の同心溜まりから、定町廻り同心のすがたが消えた。風通しが悪く、しかも残暑をまだ残している溜まりよりは、秋色に一変した町にでた方がはるかに気分がいい。彼らは職業意識より居心地のよさで居場所を選んだ。

中にはこれまでの習性で、巡回業務は朝夕にかぎって、昼間はここでゴロゴロしているのもいる。

その中の一人に谷岡誠四郎《たにおかせいしろう》がいた。大柄な体軀《たいく》を縮こめるようにして壁にもたれ、目を閉じている。

そのとき与力溜まりから、地団駄を踏むような足音がひびいてきた。たちまち手持ちぶさたにしていた臨時廻り同心たちが、机に向かい調べ物をするふりをする。

ただひとり誠四郎だけは身じろぎもしないで、壁にもたれたままである。眠っているのだ。

そのまえに臨時廻り与力の武井助五郎《たけいすけごろう》が立った。

「谷岡同心、新大橋《しんおおはし》で殺しだ。すぐに行け！」

独特のだみ声で頭ごなしに言った。

「殺しですか。で、誰が殺されたんです？」

目をさました誠四郎は惚《とぼ》けた質問をした。

「それを調べてこいと言っているんだ」

「どうして私ですか。暇を持てあましているものなら、他にもいるでしょうに」

大きな伸びをしながら誠四郎は平然と言った。べつに武井与力に楯《たて》をついているのではない。これが誠四郎の地なのだ。この、人を人とは思わない態度が、武井与力は癇《かん》にさわってしかたがない。このときも、

「ほかのみんなは忙しくしておる。昼寝するほど暇を持てあましているのはお前だけ

だ!」

だみ声が怒号《どごう》に変わった。

「そうでしたっけ?」

見るとさっきまで生あくびをかみ殺していた仲間が、殊勝《しゅしょう》に机に向かっている。どうも遅れをとったらしいとやっと気がついた。

「暇で困っているから、仕事を与えてやる。ありがたく思え」

「では、ありがたく……」

誠四郎はゆっくり立ち上がると、

「で、どこへ行けばいいのでしょう」

「新大橋だと言っただろうが!」

「新大橋と言っても広うございます。御籾蔵《おもみぐら》側なのか、浜町《はまちょう》側なのか……それに殺されたのが誰なのか。それもいざこざがもとで起きた殺しなのか、行きずりの殺しなのか。そのへん、なんにも分からずですか」

「死体は橋番所が預かっている。くわしいことはそこへ行って聞け。いま分かっているのは、殺されたのが宮大工《みやだいく》の男で、無礼討ちに遭ったらしいということだけだ」

「無礼討ち? 相手は武家ですが。だったら町奉行所の出番ではありませんね」

誠四郎がふたたび畳に腰を落ち着けようとするのを見て、

「なにを寝ぼけたことを言っておる。殺されたのは町人だ」

「でも殺したのは侍なんでしょう」

「そうだ。無礼討ちだ」

「じゃあ町奉行所のでる幕はありません」

「町人が一人死んでいる。死体の検分書は書かねばならん」

「検分書を書くだけの仕事ですか」

「そうだ。楽な仕事だ」

そう言ってから武井与力は、もうひとつ言葉をつけ加えた。

「くれぐれも厄介を起こすでないぞ」

武家がからむ事件である。間違ってもそっち側には手をつけるなという忠告だった。数寄屋橋御門《すきやばしごもん》から霊岸橋《れいがんばし》、湊橋《みなとばし》と渡り、武家屋敷の建ち並ぶ一郭を抜けて、誠四郎は新大橋にたどり着いた。橋のたもとに橋番所がある。そこの裏手に死体は菰《こも》をかぶせておかれてあった。

誠四郎は合掌をし、菰をめくった。四十過ぎの頑丈《がんじょう》な体つきの男である。左の肩先から胸にかけて斬《き》り下げられた刀傷が見えた。正面から一太刀という印象である。これが致命傷と思われた。傷口の血は乾きかけている。

死体に菰をかぶせ、もう一度合掌をすると、誠四郎は番所の主《ぬし》らしい老爺《ろうや》に向き直った。

「ホトケさんの身元は分からないか」

「分かっております。現場を見ていた者の中に、運よくホトケさんの知り合いがおりまして……北森下町《きたもりしたちょう》の甚平店《じんべいだな》に住む、宮大工の与五郎《よごろう》という男だそうです。すでに家族への連絡はすませました。家族といっても与五郎は女房を病気で亡くしていて、七つになったばかりの子供が一人いるだけですが」

「七つの子供だと？」

遺《のこ》されたのがまだ七歳の子だと聞いて、誠四郎の心はちょっと痛んだ。

「無礼討ちだったそうだな」

「へえ」

「あんたがその目で見たのかね」

「いえ、斬ったお侍が『武士の魂の刀にぶつかったから、無礼討ちにした』と叫ぶのを聞いたんです」

「はじめて見かけた武家かね」

「いえ、ちょくちょくお見かけする、御納戸頭《おなんどがしら》の杉山庄右衛門《すぎやましょうえもん》さまのお坊ちゃまです。お屋敷がほんの近くなもんで、よく存じております」

「御納戸頭の杉山庄右衛門か？」

聞いた気もするが、誠四郎はすぐに思い出せなかった。

「屋敷はこの近くだと言ったな」

「橋を渡ってすぐの、浜町川《はまちょうがわ》に架かる組合橋《くみあいばし》のたもとにあります」

加害者の身元も住まいも簡単に割れて、誠四郎はなんとなくホッとした。あとは殺しの状況を把握するだけである。

「殺しの現状を見た通行人は大勢いたと思うが」

「へえ」

「ほんとうに無礼討ちかどうか、たしかめたんだろうな」

「通行人の四、五人から様子は聞きました。みんなお侍が言ったとおりだと……」

橋番の老爺の口調にちょっとためらいが見えた。

「違うと言ったものもいたような口ぶりだな」

すかさず誠四郎が切り込んだ。

「へえ、ひとり……この先の深川芸者《げいしゃ》が……」

「なんと言った？」

「あれは無礼討ちでなく、殺しだと……」

「殺しだと言ったか」

「へえ」

「芸者の名前と店は分かるか」

「蛤町《はまぐりちょう》の『紅葉《もみじ》』の芸者で小菊《こぎく》と……」

「よしさっそく逢って、くわしく話を聞いてこよう」

「でも同心さま、相手がお侍では、町奉行所の調べが及ばないのでは……」

「町人が殺されてるんだ。このまま泣き寝入りにはできん」

「……」

「心配するな。あんたに迷惑はかけんよ」

橋番所からでていこうとする背中に、橋番の老爺が聞いた。

「あのう、甚平店のものが死体を引き取りにきたら、いかがすればよろしいでしょうか」

「検分はすませた。引き取らせてよろしい」

言ってから引き取り手が七歳の子供だったことに気づき、誠四郎の心はいまさらのように痛んだ。

（たとえ相手が武家であれ、ことと次第ではこのままですまさん！）

幼い子供への思いが、誠四郎の闘争心に火をつけた。こういうところは父ゆずりである。

父、谷岡祥兵衛《しょうべえ》はどんな事件でも納得のいく結果がでるまでは、滅多に手をゆるめなかった。それが原因《もと》でいろいろ厄介ごとを引き起こしている。傍《はた》には迷惑だが、祥兵衛とすれば当然の手続きを踏んでいるという思いがある。

その遺伝の虫が誠四郎にも引き継がれていて、突然ひょっこりと目を醒《さ》ますときがある。いまがそれだった。

二

誠四郎は新大橋を渡り、大川沿いの道を相川町《あいかわちょう》から蛤町《はまぐりちょう》へと向かった。このあたり永代寺《えいたいじ》、富ヶ岡八幡宮《とみがおかはちまんぐう》へとつづく参道である。

参道には参詣客相手の遊所《ゆうしょ》が軒を並べていた。『紅葉』は永代寺門前仲町《もんぜんなかちょう》から辻《つじ》をひとつ入ったところにある、中くらいの構えの料理屋であった。客を遊ばせるのが目的の店である。

　誠四郎は出迎えた女中に、小菊に逢って聞きたいことがあると告げた。代わってすがたを見せたのは太った女将《おかみ》で、露骨に嫌な顔を見せた。しかし相手が役人では追い返しもできないと諦めたのだろう、片隅の物置のような部屋に招き入れると、

「早くすませてくださいよ、これから忙しくなるんだから」

　ひとこと言い残して足音あらあらしく去って行った。

　いくらも待たないうちにすがたを見せたのは、衣装の着付けも化粧もすませた、整った顔立ちの小柄な女だった。

「小菊と申します」

　客を迎える作法通りの挨拶をすませると、急になれなれしく膝《ひざ》を崩して誠四郎に向き直る。

「あたいに聞きたいことってなに？」

　言葉遣いまで急変して乱雑になった。

「今日、新大橋で町人が侍に斬り殺される現場を見たそうだな」

「見たよ」

「あれは無礼討ちじゃなく、殺しだと言ったそうじゃないか」

「言ったよ」

「そのときの様子、くわしく聞かせてくれないか」

「聞いてどうするのさ。どうせ相手がお侍じゃ、見て見ぬふりなんだろう。橋番にそのことを話したけど、迷惑そうな顔ですぐに追っ払われた」

「見て見ぬふりですますつもりはない」

「だって橋番も言ってたけど、侍がやったことに町役人は口出しできないって」

「たしかにそういうことにはなっている。しかし私はできないなりに、すこしは骨のあるところは見せてやろうと思っている」

「あんたって変わったお役人ね。気に入った。なんでも聞いてちょうだい」

小菊は崩していた膝をそろえると、真剣な顔つきになった。

「まず町人が斬られたときの様子から頼む」

「斬られた人ね、あとで宮大工だって聞いたけど、その人、浜町側から新大橋を渡ってきたの。橋の中ほどまできたとき、御籾蔵側からその若侍がやってきた。おなじ年格好の侍と二人連れだった。それを見て大工の人、欄干《らんかん》に身を退《ひ》いて侍に通る道をあけたのね。すると行き違いざま、侍がいきなり刀を抜いて大工の人に斬りつけたってわけ。すると隣にいた若侍が『お見事』と言ったのね。すると斬った侍が、大声で

『これは無礼討ちだ』とつづけたの。あれは無礼討ちなんかじゃない。だれが見たって人殺しよ。本当に無礼討ちなら、わざわざ断ることはないじゃない。やましい気持ちがあったから、つい口に出たんだと思うの」

小菊は溜まっていたものをはき出すように、一気にしゃべった。

「なるほどそれが本当なら、明らかに人殺しだ」

「ねえ、なんとかならないの。人が一人殺されたのよ。このまま泣き寝入りなんて悔《くや》しくて……でも相手が侍じゃ無理な相談か」

「いや、わけもなく人が殺されたんだ。町方役人としても指をくわえて見ているわけにはいかん。なにができるか、それはこれから考える」

「殺された人に子供がいたそうね」

「そう、七歳の子がな」

「そう聞くとなおお許せないわね。ぜひあの若侍とっちめてよ。及ばずながら私、どんなお手伝いでもするから」

「心強いことを言ってくれるじゃないか。現場にはかなりの通行人がいたはずだ。その中の何人かが、あんたとおなじ証言をしてくれたらありがたいんだが。橋番が話を聞いた連中は、無礼討ちだと認めたそうだ」

「関わりを怖れているのよ。このところ腰が退けた意気地なしの大人が増えたからね。せめて辰巳芸者《たつみげいしゃ》の意地を見せなきゃ。江戸っ子が泣くよ」

深川は江戸の辰巳（東南）にあったから、この地の芸者は辰巳芸者と呼ばれたが、その辰巳芸者の小菊は胸を張った。鹿《か》の子絞《こしぼ》りの着物に、つぶし島田の髪型が、ことさら誠四郎の目に心強く見えた。

「最後にもうひとつ聞かせてくれ。その殺しの男、杉山という侍なんだそうなのだが、どうもこのあたりで遊んだ帰りらしい。顔に見覚えはなかったか」

「さあ見かけない顔だったわね。ここらあたりで遊んだとしても、金持ちのお坊ちゃまには、裏通りのこの店なんて目じゃないのよ」

『紅葉』をでると、誠四郎はその足で北森下町の甚平店に足を運んだ。父の死で残された子供のことが気になった。

大川沿いにでると、かなり傾いた日足《ひあし》が川面《かわも》に長い光の帯をえがきだしている。万《まん》年橋《ねんばし》の手前を右に曲がり、小名木川《おなぎがわ》を高橋《たかはし》で越えると、北森下町はすぐだった。

夜が急ぎ足にやってきているようで、通りは薄紫色の空気におおわれて、見通しがききにくくなっている。長桂寺《ちょうけいじ》に近い一郭に長く延びた長屋が甚平店だった。

すっかり埋めつくされた薄闇の中で、あわただしい人の気配があった。与五郎の遺体が引き取られたばかりのようで、人の気配はいちばん奥の家に集中していた。

そこが与五郎の家だと見当をつけて入ろうとすると、いきなり相撲取《すもうと》りにでもしたくなるような女が、誠四郎のまえに立ちはだかった。

「お役人がなんの用だね。帰ってくれるかい。あんたに弔《とむら》われても与五さんはよろこばないよ」

そのうしろで、何人かの店人《たなびと》が同意の顎をうなずかせている。予想もしない拒絶だった。

大女を押しのけて中へ入ろうとする誠四郎を、女は胸で押し返してきた。

「与五さんは殺されたんだよ。なのにさ、橋番の爺《じい》さんは運が悪かったと思って諦めろってさ。冗談じゃないよ、与五さんは理不尽に殺されたんだ。諦められるわけがないだろ。まして七つの平坊《へいぼう》が遺されたんだ。聞くと奉行所は武家のやったことには、手がつけられないというじゃないか。なにもしてくれない奉行所の役人にきてもらったって、糞《くそ》の役にも立ちゃしないんだよ」

「遺された子供が心配でやってきたんだ」

誠四郎が言うのに、

「あんたに心配してもらうことはないよ。平坊はこの長屋みんなで面倒を見るからさ」

誠四郎がつぎの言葉を探していると、奥から騒ぎを聞きつけた、家主らしい初老の男が顔をだした。

「せっかくきてくださったんだ。与五郎さんに線香の一本もあげていただこうじゃないか」

そう言うと家主は、どうぞと誠四郎を奥の間に連れて行った。奥の間と言っても取っつきの二畳に、六畳の間があるだけだ。そこに与五郎の遺体がおかれてあった。

線香をあげ、手を合わせて長い合掌を終えると、誠四郎はかたわらに目を向けた。そこには小さな机が置かれ、しっかりした顔立ちの子供が、机に向かって一所懸命手を動かしている。なにか組み立てているのだ。

「与五郎は平太《へいた》に宮大工を継がせようとして、ああして寺院の模形《まねかた》を作らせていたのです」

なるほど平太と呼ばれる子供が作っているのは、見たところ東照宮《とうしょうぐう》の模形のようだ。それがもう九割方できあがっている。

「父親が死んだというのに、涙ひとつ見せずああして模形作りに没頭しているんです。

与五郎の霊がまだこの世にいる間に、作りあげようとしているのかもしれません」

言いながら家主は洟《はな》をすすりあげた。

誠四郎は平太に向き直った。

「お父さんがこんなことになって大変だったな。気を落とさずに頑張るんだぞ」

なんの役にも立たない言葉だと分かりつつ、誠四郎にはごくありきたりの慰めを口にした。

平太は聞こえたのか聞こえなかったのか、顔もあげずに模形作りに没頭している。

「これ、お役人さんがああおっしゃってくださってるんだ。きちんとお礼ぐらい言いなさい」

家主が見かねて口を出した。

言われて平太は顔をあげてこちらを見たが、すぐまた作業にもどった。まったく感情のない、無機質な目の色だった。

誠四郎はいきなり堅いもので、頭をぶん殴られた気がした。おそらくこの子は、大人たちが交わす会話から、今度の事件に町方役人がなんの役にも立たないことを認知しているのだろう。

武家が起こした殺人に町奉行所は関与できない。その理不尽への反感が子供の目の色から伝わってくるようで、誠四郎は心が冷えていくのを感じた。

三

「あの子供の目には参りました」

夕餉《ゆうげ》の場で誠四郎はポツリとこぼした。

「子供なりに、道理が合わないことに気づいてるんだろうな」

祥兵衛は盃《さかずき》を干しながら応えた。

「人が殺されて、それに手の打てない不甲斐《ふがい》なさが、つくづく情けなくなりました」

「だからと言って、武家相手では町奉行所は手も足も出せん」

「そこが悔《くや》しいんです」

誠四郎はすだち味噌をのせた焼秋茄子《やきあきなす》に、箸を突き立てるようにして言った。

紫乃《しの》と春霞《はるか》は話に加わらず、黙って秋刀魚《さんま》の身をほぐしている。

「じゃあ、あきらめるか」

言葉の中身とは裏腹に、祥兵衛の言い方はまるでけしかけるような色合いをおびた。

案の定誠四郎は食いついてきた。

と思っています」

「あきらめません。暖簾《のれん》に腕押しは承知で、私なりにできることだけはやってみよう
と思っています」

「やりようはあるのか」

「与五郎を斬った杉山という若侍は、通行人に向かって無礼討ちだと大声で叫んだそうです。ほんとうに無礼討ちなら、言いわけがましい言葉を口にする必要がない。『紅葉』の小菊の言うように、理由《わけ》もなく人に手をかけたから、大声で弁明しなきゃならなかった。ということはその若侍にも、すこしは疚《やま》しさを感じるところがあったのでしょう。そこをついて殺意を認めさせてやろうかと……」

「なんべんも言うが、たとえ殺意を認めさせたって、武家相手では意味はないぞ」

「私の自己満足かもしれません。でも人殺しをのほほんとさせておくなんて、悔しすぎるじゃありませんか。せめて殺意を認めさせ、すこしでも罪を意識させることができれば……せいぜいそこまでが町方役人にできる限界だとは思っています」

「だが思い上がっている御納戸頭の息子に、罪の意識を持たせるなんて、無い物ねだりという気もせんではないが」

「無駄は承知です。しかしなにもしないではおられないんです」

おからと揚げ卵の蒸し椀を口に運びながら、祥兵衛は熱くなっている誠四郎の顔を

しばらくじっと見ていたが、

「本気らしいな」

「本気です」

「それをやろうと思えば、若侍をしょっ引いて尋問にかけなきゃならない。しかし町奉行所にはそれができない」

「話が聞きたいとお願いし、相手が同意すれば問題ないでしょう」

「それでも武家を取り調べることにかわりはない。問題なくはないだろうが、まあやるだけやってみるか」

祥兵衛が言ったとき、

「それはいけません」

強い口調でさえぎったのは紫乃だった。

「奉行所の決めに逆らうようなことをすれば、悪くすると払い箱になりはしませんか」

「ならんとは限らんだろうな」

祥兵衛がのんびり答える。

「働き手の誠四郎が仕事を失って、このさきどうして生計《たつき》をたてていけばいいのです？　そんなことにならないよう止めなければいけないあなたが、けしかけるようなことを言ってどうするのです」

いつにない紫乃の迫力に、祥兵衛はたじたじとなりながら、

「しかしそうはならんだろう」

「保証できますか」

「それは……」

「誠四郎がお払い箱になるようなことは、いっさいさせてはなりません。ねえ春霞さん？」

紫乃はいつものことで春霞に同意を求めてきた。

「お義母《かあ》さまのおっしゃることも分かります。でも誠四郎さまには、長いものに巻かれる意気地なしになってもらいたくありませんし……」

「ああ、そう」

期待した同意が得られなくて、紫乃はふてくされたように茄子の田楽に箸をつけた。

「でも、本音から言えば、誠四郎さまが仕事を失われては、暮らしが大変なことになります」

「そうでしょう」

「もしそうなったときは、お義母さまだけが頼りです。その節はぜひ力をお貸しください」

春霞が膝をそろえてきちんと頭を下げるのを見て、紫乃の機嫌はたちどころによくなった。

世の嫁姑《よめしゅうとめ》はたがいに主導権を持とうとして、争いごとが絶えないと聞く。だが谷岡家では嫁が姑をうまく立ててくれるので、波風なく今日までやってきた。

（誠四郎には過ぎた嫁かもしれぬ）

春霞の紫乃へのあしらいの見事さを目にして、祥兵衛はいまさらのように感慨を新《あら》たにした。

四

この三日、誠四郎は適当に口実を作っては奉行所を抜けだし、新大橋の橋番所に詰めていた。宮大工の与五郎を殺した杉山某《なにがし》という若侍をつかまえるためである。

その後の調べで名前は杉山広之進《ひろのしん》と分かった。だが直接杉山家に出向いても逢わせてはもらえないだろう。だからここで待ち受けることにしたのである。

だがあいにく誠四郎は広之進の顔を知らない。そこで橋番所の老爺を頼ることにしたのだった。

「きましたよ」

三日目の夕暮れ近く、老爺は橋を指さして言った。

派手な色模様の着物を着流しに、崩れた空気を身につけた若者である。垂れ下がった目にゆるんだ頬、浮薄さ丸出しの顔立ちの持ち主だ。腰には不釣《ふつ》り合いな刀を差し込んでいる。名のある刀工《とうこう》の作と誠四郎は見た。

杉山広之進は暮れはじめた新大橋を、仲間らしいのっぺりとして、生気のない若侍とともにこちらに渡ってくる。

誠四郎は橋番所をでると二人のまえに立った。風がでたのか大川に小さな波頭が立っている。

「南町奉行所の同心、谷岡誠四郎ともうします。すこしお話をおうかがいしたいと思うのですが、よろしいでしょうか」

誠四郎は下手に出て言った。

「不浄《ふじょう》役人《やくにん》が無礼であろう。こちらをどなたと心得るか」

肩をいからせてまえにでたのは、のっぺり顔の仲間の方だった。

「御納戸頭、杉山庄右衛門さまのご嫡男《ちゃくなん》、杉山広之進さまと承知のうえでのお願いです」

のっぺり顔は一瞬たじろいだが、

「御納戸頭の嫡男と知って町方役人風情のその態度、図々《ずうずう》しいというか、身のほど知らずというか……」

すぐに態勢を立て直すと嵩《かさ》にかかった。

「吉岡《よしおか》、まあいい。話だけは聞いてやろうじゃないか」

杉山広之進はのっぺり顔を押しのけた。

「いったいなにが聞きたいんだ」

「四日前、ここで宮大工の与五郎という男が、あなたに斬られました。そのことで……」

「あれなら話すことはない。こちらにぶつかって詫びも言わないから、無礼討ちにした」

「殺したのは認められますね」

「無礼討ちだ」

「ところが現場を見ていた中に、与五郎は道を譲ったのに、あなたが容赦なく切り捨てたと証言したものがいるのです」

「素町人《すちょうにん》の言うことなど信用できるか」

「素町人の言うことでも、不浄役人としては聞き捨てにはできませんので」

誠四郎は嫌味たっぷりに言い返した。

「間違いなくあれは無礼討ちだ」

吉岡とか呼ばれたのっぺり顔が、またしゃしゃり出てきた。

「不浄役人の世界では、身内の証言は取り上げないことになっています。どうもあなたは杉山どのとは身内以上らしい」

誠四郎に言われ、吉岡はつぎの言葉を失って黙り込んだ。

「とにかく無礼討ちだと言っているんだ。それでいいではないか」

広之進がうるさそうに言うのに、

「斬り殺されたという証言がある以上、それが事実かどうかをはっきりさせるのが私の仕事です。そこでお話をうかがいたいと思ったのですが、ご同意いただけませんか。もしご同意いただけないようなら、あきらめるよりほかありませんが」

「同意しなければどうなる？」

「無礼討ちと殺されたとの意見が二つあることを明記して、お奉行に報告を上げることになります。判断に困られたお奉行が、評定所の方に無礼討ちの状況調査を願い出られるかもしれません」

そんなことは万に一つもないと分かりつつ、誠四郎ははったりをかけた。

評定所と聞いて広之進の顔色がすこし変わった。

「分かった、あんたの取り調べを受けるとしよう」

「取り調べではありません。お話を聞かせていただくだけ」

「承知した」

「この近くに自身番所があります。お話はそこで……」

「分かった、行こう」

広之進が歩き出すのを、吉岡はあわてて止めた。

「杉山、それはあまりにも軽率……不浄役人の言いなりになってどうするんだ」

「いやいい機会だ。自身番所がどういうところか、見ておくのも一興だ」

その頃、谷岡祥兵衛は紫乃といっしょに十軒店本石町《じっけんだなほんごくちょう》に向かっていた。夫婦恒例の食べ歩きである。今日の行き先は、そこに最近店を構えた天ぷらを食わせる『笹本《ささもと》』だった。

天ぷらは屋台からはじまったが、評判がよく、店を構えるところが増えた。笹本もその一軒である。独立した店はそれぞれ特徴を持たせて、屋台との差別化にこれ努めた。笹本はごま油を使って評判をとっている。

「笹本にはまえに一度連れて行ってもらったけど、たしかそのとき大隅《おおすみ》先生に逢いましたね」

紫乃はよく覚えていた。

「そうだったかな」

祥兵衛が惚けると、

「そうでしたよ。このまえのやぶそばもそうだけど、食べ歩きにかこつけて、大隅先生に逢うのが狙いなんじゃないのですか」

鋭いところを突かれて、祥兵衛は返事に困った。

「その、お持ちの風呂敷包みはなんですか」

「ああ、これは……」

「大隅先生に持ち込む相談事に関わりあるものなんでしょう」

紫乃の追及は容赦なかった。

「なあに目的は、夫婦二人水入らずでうまいものを食い歩くことだ。大隅先生との出会いはただの偶然……」

　祥兵衛は苦しい弁解をした。

「そうですか。まあ、信じておきましょう」

　紫乃が皮肉な口ぶりで言ったとき、笹本の暖簾がすぐそこに見えた。

　障子戸を開けた紫乃の目に、天ぷらを口に運ぶ大隅大膳《だいぜん》の背中がとび込んできた。

「やっぱりね」

　祥兵衛をちょっとにらむと、

「まあごゆっくり。私はあちらで一人ゆっくりいただきます」

　気づいて振り向いた大隅に一礼して、紫乃は離れた席に腰掛けた。

　祥兵衛は大隅に並んですわると、

「偶然とは言え、よく逢いますね」

　と言った。

「偶然ではなく、わしを狙ってやってくるのではないのか」

　大隅が言い返す。隅の席で紫乃がクスリと笑った。

「とんでもありません。まったくの偶然……」

「どうもわしの食べ歩き暦《こよみ》が盗まれているようだ。変更せにゃいかんな」

大隅が言ったとき、祥兵衛の目のまえに皿が置かれた。

「朝採れの松茸《まつたけ》です。ご賞味を」

笹本の亭主が言った。この店の献立はすべてお任せである。

女房が温《ぬる》めの銚子《ちょうし》を運んでくる。夫婦二人でやっている店だった。

「で、用件はなんだ？」

大隅は聞いた。祥兵衛の心づもりはお見通しだった。

「聞いていただけますか」

「聞かなきゃ放してくれんだろう。どうも深情けの女につかまったようなものだ。悪縁と諦めるしかない」

「先生がそこまで覚悟しておいでなら話しやすい。じつはこれなんですが……」

祥兵衛は下げてきた風呂敷包みを解いた。中からでてきたのは一尺ほどの東照宮の模形《まねかた》だった。

じつを言うと昨日、思いついて祥兵衛は甚平店を訪ねていた。

誠四郎は武家が関わる厄介な事件に、あえて足を踏み入れようとしている。それならせめて自分にできることで、息子の手助けをしてやろうと思っての訪問だった。

聞くところによると遺された子は、父親から宮大工の技法を学んでいたという。すると将来その道を歩かせてやるのが、その子にとっていちばんの選択だろう。だが、だれかがそれに手を貸してやらなければならない。ならばその役割を自分が引き受けてやろうかと、祥兵衛は考えたのだった。

だがあいにく彼に宮大工の知り合いはない。ただそれができる人物に心当たりがあった。

「おじゃまするよ」

いきなり入ってきた客に、平太は一瞬目を向けたが、なにも言わず作業台に目をもどした。そこには立派にできあがった東照宮の模形が置かれてある。

「できあがったのか。見事なものだな」

祥兵衛は思わず感服の声をあげた。屋根の微妙な反りも、大屋根の上の三角屋根の鋭利な形も、前面に施された金色の塗りも、形を小さくしただけで、寸分実物とは違わずできあがっている。

祥兵衛に知識はないが、模形の木組みひとつひとつに、宮大工の技法がきちんと活《い》かされていることだけは感じられた。

上がり框に腰掛けると、祥兵衛は平太に言った。

「親父さんのあとを継いで、宮大工をやろうと思ってるらしいな」

「はい。それがチャンとの約束ですから」

平太は力強い返事を返してきた。

「そこで平太を預かってくれる宮大工を探してやろうと思うんだが、余計なお世話かな」

「いえ」

「じゃあその話、この年寄りに任せてくれるか？」

「お願いします」

平太は素直に頭を下げた。

「そこで頼みだが、その模形、わしにしばらく預からせてくれんか」

「どうぞ、持って行って下さい。作ることが大切で、できあがったものにはもう意味はありませんから」

「いいのか」

「はい。つぎはこれを作ってみようと思っています」

言って平太は一枚の絵図《えず》を取り出してきた。それは芝増上寺《しばぞうじょうじ》の絵図だった。

「そうか、じゃあ預からせてもらう。つぎの模形作り、がんばるんだぞ」

こうして持ち帰ったのが、いま大隅の目のまえに置いた東照宮の模形だった。

「なんだこれは？」

いきなり模形を見せられて、大隅は要領の得ない顔になった。

「まあ聞いてください。じつは息子が手がけている事件がありましてね。ある宮大工が無礼討ちに遭った。死んだ男の七つになる子供が遺された」

祥兵衛は事件のあらましをかいつまんで話した。

「その子供が作ったのがこの模形です」

「東照宮を模《も》したようだな」

「死んだ男はわが子を宮大工にすべく、寺院の模形を作らせ、その技法を教え込んでいたようなんです」

そこへこはだと秋茄子の天ぷらが運ばれてきた。

「おい亭主、この秋茄子、わしのより大きくないか。差別だぞ」

大隅は苦情を言ったが、いつものことなので亭主は笑ってすませた。

「ところでわしになにをしろと言うんだ」

「先生が診察された患者の中に、腕のいい宮大工がいたという話を、まえに聞いたように思うんですが」

「たしかにそういうのはいたな。大工道具につまずいて、足首をねんざした宮大工の棟梁《とうりょう》だ。新材木町《しんざいもくちょう》に店を持つ『宮重《みやしげ》』の棟梁で仙太《せんた》という御仁《ごじん》だが、棟梁が大工道具につまずいて怪我をしたなんて聞こえが悪いから、こっそりの治療をと頼まれて診てやった。ところでまさか無礼討ちに遭った男の遺児を、その棟梁に頼み込んで面倒見させろというんじゃないだろうな」

「そのまさかです」

「そのために東照宮の模形まで用意してきた。まったく周到《しゅうとう》なことだ。どうもあんたとのつき合いを見直さなくちゃいかん。すくなくともわしはあんたの使い走りではない」

「使い走りなどと、恐れ多い」

「そこで聞くが、この模形持って『宮重』の棟梁に、見込みがありそうなら引き取ってやってくれと頼み込む。そこまでの話なら引き受けよう。まさかそのあとの面倒まで、わしに見ろというんじゃないだろうな」

「できればそうお願いしたいのです。なんせ自分の息子が関わっている事件ですから、私は下手に動くことができません。できれば先生に……」

そう言うと祥兵衛は紙切れを大隅のまえに置いた。

「子供の住まいはここに書いておきました」

「やはりあんたとは早々に手を切らねばいかん」

言った言葉とは裏腹に、大隅は紙切れを一瞥《いちべつ》すると袂《たもと》に落とし込んだ。根は親切な人物なのだ。

五

誠四郎が杉山広之進を伴ってやってきたのは、常盤町《ときわちょう》にある自身番だった。間口二間、奥行き三間、自身番としては大きな方の番所である。

とはいえ、御納戸頭の嫡子を迎えるに相応《ふさわ》しい場所とはとても言えない。案の定広之進は入り口に立ち止まると、

「とても人の住むところとは思えんな」

嫌悪《けんお》をもろに表情に浮かべて言った。

「われわれはこういう場所で仕事をしております」

「道理でまともな仕事ができないわけだ。無礼討ちをいくらついてみてもなにも出てこない。無駄と分かっていて調べようというのだから、まともな仕事とは言えん」

悪態《あくたい》をついて、それでも広之進は番所に入ってきた。

大きいといっても、土間と畳の部屋があるだけである。誠四郎は広之進を畳の部屋

に案内すると、向き合ってすわった。

店番《たなばん》がお茶を運んできた。それを一口飲んで、広之進はお茶を土間にぶちまけた。

「こんなまずい茶を、よく飲めたものだ」

聞こえよがしの大声をあげた。店先にいた家主や書役は、その侮蔑《ぶべつ》を苦笑で耐えた。

「さっさとすませてもらおう。こう見えても忙しい身でな」

「宮大工の与五郎が殺されたのは、ほんとうに無礼討ちでしたか」

「くどい。あれは無礼討ちだ。なにべん言ったら分かる」

「しかし斬り殺されたという証言もあります」

「素町人の証言などあてになるか」

「だったら無礼討ちだったという、たしかな証拠はありますか」

「武士に二言《にごん》はない」

「それなら素町人にも二言はないと言えますね」

「きさま、喧嘩《けんか》をふっかけているのか」

誠四郎は相手が気色ばむのを無視してお茶を飲んだ。さっき広之進がまずいと捨てた茶である。

「ところで拝見したところ、その腰のもの、会津《あいづ》兼定《かねさだ》と見受けましたが」

誠四郎は広之進の腰に目を向けて言った。

「分かるか。そんじょそこらではお目にかかれない名刀だ」

思惑どおり広之進は話に乗ってきた。

「そうでしょう。とても私らのような身分のものには、お目にかかれない代物《しろもの》です。さすがに御納戸頭のお坊ちゃま……」

「知り合いの刀剣屋《とうけんや》に前々から頼んでおいて、やっと手に入れたんだ。目玉が飛び出るほどとられたがな」

広之進の得意顔が増した。

「いつごろ手に入れられましたか」

「十日ほどまえかな」

「すると与五郎が無礼討ちに遭った日から四、五日前?」

「それがどうかしたか」

「名刀を手に入れれば、斬れ味を試してみたくなるのは人情。もしかして与五郎は無礼討ちではなくて試し斬りに遭ったのでは?」

「勝手な憶測は止《や》めてくれ」

「あなたが与五郎を斬ったとき、吉岡と言いましたか、あなたのお友達、彼は『お見事』と叫んだそうですから、試し斬りだとすれば理屈はつながります」

広之進は一瞬言葉に窮したが、

「たとえそうだとして、無礼討ちと試し斬りとはどこが違うんだ? どちらも武士の特権ではないか」

「特権かどうかは同意しかねますが、その二つには明らかな違いがあります。無礼討ちならとっさのことでしょう。だが試し斬りなら明らかに殺意があってのことです」

「………」

「無礼討ちならまだ考慮の余地はある。しかし殺意があったとすれば、それは明らかな殺人。われわれとしてもいちおう取り調べねばなりません」

広之進はものを言わなくなった。誠四郎は相手を追い込んだという、たしかな手応えを感じた。

「どうでしょう、無礼討ちですか試し斬りですか。はっきりご返事願います」

誠四郎がそこまで言ったとき、自身番の店先でいきなり怒鳴り声がした。

「谷岡同心、きさまには常識というものがないのか。なにを血迷って御納戸頭のお坊ちゃまを……」

叫びながら入ってきたのは武井助五郎与力であった。

彼は誠四郎を押しのけるようにして広之進のまえにすわると、平蜘蛛《ひらぐも》のように平伏した。

「失礼の段、平《ひら》にお詫び申し上げます。谷岡同心についてはあらためて処分いたしますゆえ、この場はどうか目をつぶってお引き取りを」

「いや、まだ尋問は終わっていない」

広之進が強がりを言うと、武井は、

「尋問などとんでもございません。こんなむさ苦しいところにきていただくこと自体、失礼を通り越した行いでございます。さきほど杉山家からご用人さまがお見えになりまして、すぐに解き放てば大事《おおごと》にせずすませてやると、ご配慮のお言葉をちょうだいしました。なにとぞ一刻も早くお引き取りを……」

「そこまで言うなら、そっちの頼みを聞き入れて引き上げてやってもいいが……」

広之進は立ち上がると、誠四郎に薄笑いを投げつけ、勝ち誇ったように自身番の戸口から消えていった。

それを見送った武井は、顔色を変えて引き返してくると、

「武家を取り調べるなど、きさまなんという常識外れなことを！」

立ったまま誠四郎をにらみつけた。

「取り調べではありません。聞きたいことがあるとお願いして、同意のうえできていただきました」

「理屈はどうでもいい。御納戸頭のお坊ちゃまを取り調べたという事実は消しようがないぞ」

「しかしこれは、与力から言われた、検分書を作るのに必要な仕事ですが……」

「検分書は作れと言ったが、それ以上のことをしろとはひとことも言っておらん。だいいち検分書作りなら、武家のご子息を取り調べる必要なんかどこにもない。いいかそなたの失態はそのままお奉行の失態になるんだぞ。今後気をつけろ。幸い奉行はお留守なので、このことは内密にしておいてやる。ありがたく思え」

自分の失態に結びつくのを怖れているのが見え見えなのに、武井は自分の度量の大きさを誇示するように、聞こえよがしの大声を張り上げた。

六

「それにしても早々にご用人のお出ましとは、早手まわしな話だな」

隠居宅の縁側で報告を受けた祥兵衛は、誠四郎を見返りながら言った。

「吉岡という仲間が杉山宅へ報せに走ったんでしょう。杉山邸からなら、南町奉行所はさほど遠くありません」

「それにしても報せを受けて、すぐ抗議に駆けつけるとは、杉山家も相当うろたえたと見える。嫡男が町奉行所に捕まって調べを受けたと聞こえれば、それだけでもお家の恥だからな」

言いながら祥兵衛は手を休めることなく、四角く切り落とした木片を削っている。縁のさきには三人ばかりの子供が、これも熱心に木を削っていた。

「今日はお出かけで、寺子屋はお休みじゃなかったんですか」

誠四郎が聞くと、

「そのつもりだったんだが、帰ってくるのを待ち伏せていて、独楽《こま》作りを教えろとせがまれてな。なんでもまえに作った独楽をなくしてしまったらしい」

「なるほど、それで……」

「それにしてもいいところまで追い詰めたのに、残念だったな」

祥兵衛は言いながら、すこしのあいだもじっとしていない。立って行ってはまるで孫にでも接するように、三人の子に細かく指導してやっている。そんなときの祥兵衛は目尻が下がって福顔《ふくがん》になった。

「試し斬りではないかと責めたとき、相手はしどろもどろでした。あそこで武井与力が現れなければ、かなり追い詰められたと思うんです」

「もう一度尋問にかけることができれば、なんとか追い詰められるかもしれんが、おなじ手はもう使えないしな」

「それで思案に暮れてます」

「ところでもう一度杉山をしょっ引ければ、攻めきれる自信はあるか？」

「罪の意識を感じさせるところまでは行けると思います。できたとしてもそこまでですが」

「精《せい》のない話だな」

「あの傲岸《ごうがん》な男に、そこまでやれれば良しとしなければなりません。できれば平太のまえに手をついて謝らせたいのですが、それは無理というものでしょう」

「ところでなにか切り札は持っているのか」

「切り札になるかどうか分かりませんが、試し斬りを証明する証人を集めようと思っています。辰巳芸者の小菊はいつでもと承知してくれていますが、ほかにも大勢通行人がいたと言いますから、探せば二人や三人、証言してくれるものが出てくるでしょう。それを探してみます」

「あらわれるかな、そんな奇特《きとく》なものが……」

「人間を信じてみようと思います。親を殺された子供を哀れんで、証言を買って出てくれる人がいると信じて……とはいえ、もう一度杉山広之進を取り調べる方が難問でしょうね」

「おまえがそこまで腹をくっているなら、わしとしてもすこし手を貸してやらにゃいかんな」

「父上が……？」

「あんまり当てにされても困るが、とにかくひと揺すりしてみよう」

そう言って、子供たちの方に立っていきかけた祥兵衛だったが、なにか思いだしたように誠四郎をふり向いた。

「たしか定廻りに欠員が出て、しばらく臨時廻りが手を貸すようなことを言ってたな」

「はい、あさってから三日、私が浅草あたりを見廻ることになっています」

「その三日、昼はかならず仲見世《なかみせ》のどこかで、飯を食う段取りにしておけ」

その日の夕刻、祥兵衛のすがたが永代寺《えいたいじ》参道《さんどう》にあった。この付近、遊所は多いが参詣客に土産物を売る店も多い。そんな土産物屋を一軒一軒のぞき込みながら、祥兵衛は時間をつぶしていた。

祥兵衛が待っているのは杉山広之進である。今日彼がこのさきの門前山本町《もんぜんやまもとちょう》の料理屋『喜楽《きらく》』にいることを、調べた上での待ち伏せだった。

このあたりは陽が暮れ落ちたころから賑《にぎ》やかになる。だが御納戸頭の杉山家の嫡男となると夜遊びにはうるさい。だから広之進はかならず夕暮れには遊所をあとにする。

やがて陽が傾き、西の空に夕やけが一筋の帯になって、空を夜色と昼色に染め分けるころ、広之進は吉岡という仲間と共に、女中衆に見送られて喜楽の玄関をでてきた。

彼らが黒江町《くろえちょう》を抜け八幡橋《はちまんばし》を渡りきったとき、そのまえに祥兵衛が立った。

「杉山広之進さまとお見受けしたが、間違いござらんか」

「いかにも杉山広之進だ。はじめて見る顔だが、なにか用か」

「なるほど表見《おもてみ》は傲慢《ごうまん》、だが内側は小心、噂どおりだな」

「おのれ、人を虚仮《こけ》にすると、ただではすまんぞ！」

「本人がご存じないのは無理もないが、いま南町奉行所ではあなたの名前で持ちきりだ。谷岡同心の尋問から逃げた意気地なしとしてな」

「ええい、言わせておけばなんたる悪口雑言！　相手が御納戸頭のご子息と知ってのことか！」

　横から吉岡がしゃしゃり出てきた。

「もちろん百も承知だ」

「知っていての雑言、場合によってはただではすませんぞ！」

「わしは広之進どのと話をしている。関わりのないものは黙っていてくれるか」

　祥兵衛がぴしゃりと言うと、吉岡はその気迫に押されて黙り込んでしまった。

「逃げただって？　笑わせるな。言っとくがな自分から逃げたりはせん。なんとかいう与力が両手をついて帰ってくれと頼むから、希望に沿うてやったんだ」

「そんないきさつはだれも知らん。ただあんたは谷岡同心に追い詰められて逃げたことになっている」

「あんた、南町奉行所の人間か？」

「いやいや、とうにお払い箱になった元同心だ。ただ関わりがなくなっても噂だけは流れてくる」

「許せん、勝手な噂を立てやがって！」

　広之進はよほど自尊心を傷つけられたのだろう。奥歯を音がするほどに噛《か》みしめた。

　祥兵衛は十分な効果を確認すると、

「不名誉な噂は、自分で断ち切ったらどうだ」

「いい方法でもあるのか」

「もう一度谷岡同心と逢い、ちゃんと相手を言い負かすことだ。それでつまらぬ噂は消える」

「こちらから奉行所に出向いて、どうぞお調べくださいと、そんな馬鹿な真似ができるか」

「自然に谷岡同心と逢うきっかけをつくればいいんだ」

「あるのかそんな方法が？」

「ある。ただしあんたにやる気があればの話だ」

「聞くだけ聞いてやろう」

「聞くだけ聞いてくれ。あさってから三日、谷岡同心は浅草あたりを巡回すると聞いている。昼飯は仲見世あたりで食うそうだ」

「それがなんだ？」

「あんたもそのあたりで昼飯を食う。ただし金を払わずに店からでる」

「馬鹿をいえ。武士が食い逃げなどできるか」

「酔った勢いで食い代《しろ》を踏み倒す侍は、ずいぶんいると聞いている」

「で、食い逃げをすると、どうなるんだ？」

「騒ぎを聞きつけて近くにいる谷岡同心が飛んでくる。そのまま連行されれば、同心との話合いの場が持てる」

「ちょっと待て。谷岡とかいう同心に逢えても、こっちには食い逃げという罪が残る」

「人を殺して屁とも思わないのが、食い逃げの罪にこだわるか。心配はいらん、食い逃げというのは、うっかりしてましたと金さえ払えば罪にはならん」

「……」

「強制はせん。やるかやらないかは自分で決めてくれ。しょせんはあんたの問題だ」

そう言いおくと、祥兵衛は背中を向けて濃くなりはじめた夕闇のなかに消えていった。

七

誠四郎が定廻りの代役に入って二日目、浅草仲見世の『天常《てんつね》』という蕎麦屋で騒動が起きた。無銭飲食である。若い武家がかけそばの代金を払わず店を出ようとして、店主に捕まったのである。

酒に酔った武家が代金を踏み倒す例は珍しくない。揉《も》めても勝ち目はないので、たいていは店側が泣き寝入りする。ただ抗議だけはしておく。けじめをつけておかないと、彼らはまたおなじことをしでかすからだ。

ほかの客のいるまえで苦情を申し立てておくと、体面《たいめん》があるのか二度とおなじ店に顔をだすことがない。だから店側は抗議だけはする。

そのときもそうだった。店主はちょっと苦情を言うだけで終わらせるつもりでいた。ところが相手の武家は開き直ったのである。

「文句があるなら、おれを奉行所に突き出せ」

と言ったものだから、収まりがつかなくなった。

もめごとが大きくなったところへ、近くにいた誠四郎が駆けつけてきた。その顔を見て無銭飲食の侍がニヤリと笑った。杉山広之進だった。

「やっぱりきたか。あの年寄り、けっこう正直者とみえる」

ひとり言を口にした広之進は、誠四郎に面と向かうと、

「蕎麦の代金を踏み倒そうとした。さあしょっ引いてもらおうか」

傲慢に言った。

「じゃあ近くの番屋までご同行願いましょうか」

こっそり蕎麦代金の払いをすませると、誠四郎は広之進に言った。

広之進は最初からそのつもりだから素直に従った。

この近くに自身番はけっこうある。だが誠四郎が引き立てたのは、お蔵前《くらまえ》近くの自身番であった。時間稼ぎである。

手を貸してやろうという父祥兵衛の意味ありげな言葉を信じて、誠四郎はすでに証人を五人集めていた。その一人が辰巳芸者の小菊であることはいうまでもない。

その小菊が現場で見かけた顔見知りと、橋番所の老爺の記憶を頼りにして、誠四郎は二十人ほどの目撃者を探しだし、証人になってくれるよう頼み込んだ。

ほとんど口実をつけて断られた。厄介に関わりたくないという態度が露骨だった。その中からなんとか四人、応じてくれた人がいた。江戸っ子気質《かたぎ》はまだ廃《すた》れていなかった。

その四人、小菊も入れて五人に協力の約束を取りつけ、この三日間、いつでも飛びだせるよう心づもりを依頼してある。その連絡役を岡っ引きの伊之助《いのすけ》が務めてくれることになっていた。

誠四郎が広之進を連行していくのを見て、伊之助は証人集めに走っているはずである。それを待つための時間稼ぎだった。

「せっかく捕まってやろうと、騒動を起こしたんだ。おなじ引っ張って行かれるなら、自身番より奉行所の方がありがたいんだがな。町奉行所というところがどういうところか、後学のために見ておきたい」

広之進は悪びれるところなく言った。

「食い逃げのような微罪で奉行所は使えません。それに代金は私が払っておきました」

「するとおれはまったくの無罪というわけか」

「あなたからはまだ返してもらっていませんから、無罪とはいきません」

「ならいい。おれは取り調べを受けようと、わざと食い逃げしてやったんだ。貴様との決着がつくまでは、金は返さん」

「決着ですか」

「南町奉行所では、おれがあんたから逃げたことになっているらしい。そのへんのケジメきちんとつけておかないと、武士《ぶし》の一分《いちぶん》が立たん」

自身番がそこに見えてきた。

「まえにも言ったが、ここは人が仕事をする場所ではないな。まるで吹きだまりだ」

その一言が誠四郎の闘争心を呼び覚ました。

「その吹きだまりで働く人たちが、江戸の暮らしの安全を守っているのです」

言い返したが、広之進にはどこ吹く風である。

座敷の奥にすわると、

「まずいお茶はいらん」

広之進は自身番内に響くような大声で言った。

それを無視して誠四郎は、

「さっきあなた、私から逃げたことになっていると言いましたね」

と聞いた。そんな噂が奉行所内に立っているとは初耳だった。

「おれにそう教えたのは、得体の知れないおんぼろ爺《じじい》だ」

なるほど父祥兵衛はそういう仕掛けをしたのかと、誠四郎は納得がいった。

「たしかに、奉行所ではあなたが私から逃げたことになっています」

話に乗ることにした。

「言っておくがおれは逃げたのではない。なんとかいう与力が泣いて頼むから引き上げてやったんだ」

「武井与力とのことは誰も知りません。だから逃げたという噂が一人歩きしている。

だって無理もない。たとえ与力が頼んだとしても、話の途中で引き上げれば人目には逃げたと映る」

「だから逃げたのではないことを証明するために、わざわざ捕まってやったんだ」

「じゃあ話をもどしましょう。私は宮大工の与五郎を殺したのは、無礼討ちではなく試し斬りだと言った。その返事をまだもらっていませんね」

一歩踏みこんだ誠四郎の追及になった。

「あれは無礼討ちなんだ。だから返事をする必要がなかった」

「人殺しだったと主張する人もいます」

「だれがなんと言おうと、当の本人が言ってるのだ。無礼討ちに間違いはない」

「しかし試し斬りだったということも否定できませんね」

「あんたが言いたいのは、殺す気があったかなかったかの問題だろう」

「そうです。あなたに与五郎を殺す気持ちがあった。私はそう見ています」

「そっちがどう思おうとあれは無礼討ちだ。それを殺意があっての試し斬りだというなら、それを証明するのはむしろそっちの仕事だろう」

「それを証言してくれる人を、ここに呼んでいます」

「だったらこちらにも無礼討ちだったと証言してくれる仲間がいる」

「吉岡とかおっしゃるお侍一人ですか」

「いや、頼めば四人でも五人でも……」

明らかに強がりと分かる言い方だった。

「それは都合がいい。私の方も五人用意しました。間もなくここにきてくれるでしょう。あなたもすぐに証言者を呼び集めていただけますか。双方の証言者の話を聞くのは大切なことですから」

誠四郎は言ったが、広之進は立とうとはしなかった。

「どうしました？」

「そこまでする必要はあるまい」

声音が弱くなった。

そのとき自身番の表に伊之助がすがたを見せた。

「みんな集まりました。どうしましょう」

伊之助は誠四郎の耳元にきて問うた。

「ここに入ってもらってくれ」

誠四郎が言うと表口から小菊を先頭に、五人の老若《ろうにゃく》がぞろぞろと入ってきた。どの顔も緊張で硬直している。無理もない。武家相手にことを構えようというのだ。緊張して当然だった。

彼らが土間にすわるのを待って、誠四郎は広之進を振り返った。

「この人たちが、与五郎は殺されたのだと主張する証人たちです」

「だれがなんと言おうとあれは無礼討ちだ。なんべんもおなじことを言わせるな。町人が武士にぶつかって詫びのひとつもない。だから無礼討ちにしたんだ」

「いい加減なこと言いっこなしにしようよ」

声を張り上げたのは小菊だった。

「私は見たんだ。与五郎さんはね、橋の欄干に身を退いてあんたを通そうとした。それをいきなり斬りつけたのはいったどこのだれさんなんだい。詫びのひとつも言わなかったって？　よく言うよ、与五郎さんは親切に道をあけてやったんだ。どこに詫びを言う必要があるんだね」

いざとなると女は強い。ことに相手は筋金入りの辰巳芸者である。

一方的に責められて広之進は顔色を変えた。女からここまで言われた経験がなかったらしい。

それに他の四人が乗っかった。口々にあれは無礼討ちじゃなく、人殺しだと言い張った。

広之進は思いもかけず劣勢に立たされた。さきほどまでの傲慢な態度は消えている。

「なんと言おうとあれは無礼討ち……」

広之進はなおも自分の主張を通そうとしたが、みなまで言わせず五人の証言者の罵《ば》声《せい》がそれをさえぎった。普段はおとなしい人たちなのだろうが、感情の波に乗るともう手がつけられない。最初に持っていた怖れも緊張もどこかに消し飛んでいる。

広之進は完全に袋だたきの案山子《かかし》状態になった。そこで彼は開き直った。

「分かった。あれは無礼討ちでなく試し斬りだった。それでいいか」

誠四郎と証人たちを半々に見ながら言った。

「殺意があったこと、認めるんですね」

「認める。だからと言って町奉行所になにができる？　おれを犯罪者として引っくくれるのか」

「できないでしょうね。ただあなたのやったことは、殺人者としての行為だった。それでいいんです。これであなたは罪の意識を一生持ちつづけることになる」

「馬鹿も休み休み言え。武士が素町人を手に掛けて、なにが罪の意識だ」

その一言が五人の証人の気持ちに火をつけた。

「素町人だと？　なんてことを言いやがる！」

「素町人だっておなじ人間じゃねえか！」

「言っていいことと悪いことの区別もつかねえのか、このサンピンが！」

わきまえを失った彼らは、いきり立っていっせいに広之進に詰め寄る。侍と町人の身分の差が一瞬にして吹っ飛んだ。

その気迫に押されて、広之進は逃げるように立ち上がると、

「もうなにも話すことはない。おれは帰る。ここで受けた屈辱《くつじょく》は絶対に忘れんぞ。覚えておけ！」

誠四郎と証人たちをにらみつけながら言った。

「ちょっと待った。蕎麦代を払っていただきましょうか。でないとあなたから食い逃げの罪は消えません」

広之進は財布から小銭を取り出すと、床に叩きつけるようにして自身番を出て行った。

八

「少々危ないな。気をつけろ。分別《ふんべつ》のない人間はなにをやらかすか知れたもんじゃな

い」

誠四郎の話を聞いて祥兵衛はそう言ったが、それから三日後、祥兵衛の想定は現実のものになった。

招待状とも挑戦状ともつかない書状が、杉山広之進から誠四郎のところに届いたのは、その日の朝のことである。

慎んでご招待申し上げる
本日の申《さる》の刻《こく》、新大橋までご足労願いたし
素晴らしき見世物を用意しおり候
借りを返すが小生の身上なれば
広之進拝

そんな文面だった。

なにを意図しているのかはまったく不明である。しかしでかけないわけにはいかない。そうさせずにおかないなにかが、文面の裏側にひそんでいた。

誠四郎が新大橋に着いたのは申の刻（午後四時）にすこしまえだった。まず橋番所を覗いてみた。番人が二人、それになじみになった老爺の顔も見えた。

「今日はまた、なんの御用で？」

老爺は誠四郎を認めると、近づいてきて聞いた。

「その節はお世話になった」

誠四郎は目撃者探しを手伝ってもらった礼を言い、

「今日また、厄介をかけることになるかもしれん」

と言うと、

「なにか起こるのでしょうか」

不安に老爺の顔色が曇った。

「それがまったく分からないのだ。もしかしたらなにも起こらないかもしれん。ただ嫌な胸騒ぎがしてな」

誠四郎がそこまで言ったとき、御籾蔵の方から橋を渡ってくる広之進のすがたが見えた。横に吉岡という若侍が腰巾着《こしぎんちゃく》のようにくっついている。

誠四郎は橋番所を出て、橋の西詰めに立った。

それを認めると広之進は一瞬立ち止まり、こちらを見てニヤリと笑った。その手がゆっくりと刀の柄《つか》にかかる。

誠四郎の胸に、不安がいっきょに襲いかかってきた。

瞬間、誠四郎は刀の鯉口《こいぐち》を切りつつ、通行人を押しのけて新大橋を走った。

広之進の手で握られた白刃が宙に舞った。その刃先がなにも気づかずに行く町人の一人の肩先に、きらめいて振り下ろされた。

「しまった！」

広之進の魂胆《こんたん》が読めぬまま、後手にまわった悔しさが言葉になった。

無意識に誠四郎は小柄を抜くと、広之進目がけて投げつけた。

ときたま武器の代役をつとめることはあっても、ほんらい小柄は武器ではない。紐を切ったり木を削ったり、ときには髭を剃《そ》ったりもする装飾品である。

それを投げた。

残念ながら小柄は広之進の耳元をかすめて、大川の川面に消えた。だが体勢を崩すのには役立ったようで、振り下ろされた刀は、町人の肩のあたりを浅く斬り下げただけで終わった。

いきなり斬りつけられて、町人は悲鳴を上げて橋の真ん中に倒れ伏した。中年の商人《あきんど》と見える男である。

誠四郎は斬られた男のところへ一気に走った。男は苦痛の声をあげている。肩先から血が吹きだしていた。

誠四郎は素早く傷口を確認した。浅手《あさで》だった。

騒ぎを聞いて橋番所の老爺と番人が駆けつけてきた。

「厄介とはこのことでしたか」

駆け寄ると老爺は誠四郎を見て言った。

「命に別状はないようだ。手当を頼む」

「分かりました」

老爺は若い番人を指図して、怪我人を素早く運び去った。

それを見送って、誠四郎は広之進に向き合って立った。

「どういうつもりだ？」

怒りに声が震えた。

「番所で受けた辱《はずかし》めのお返しだ」

「それがなぜ人殺しにつながるんだ？」

「見てのとおりだ。おれはいま素町人を手にかけた。会津兼定の試し斬りだ。当然殺意はあった。さあどうする？　おれを人殺しの罪で町奉行所にしょっ引くか」

「……！」

「できるならそう願いたいものだな。人を手にかけたんだからな。殺意はあった。そこでおれをどう扱うか、それが見たくてあんたにきてもらったんだ」

広之進は言い放った。殺意の有無を遊び道具に使ったにひとしい、許せない行為だった。しかもこの男は、自分が受けた恥辱の復讐《ふくしゅう》のためにそれをやった。

そんな動機から人ひとりを平気で殺そうとしたのだ。もし誠四郎の邪魔がなかったら、あの商人風の男は息の根を止められていたはずである。

人の生死を玩具《おもちゃ》のごとくもてあそぶ、とても人の所行と思えないことを、平然とやってのけるこの男を、

（人の心を持ち合わせない人非人だ！）

そう思ったとき、誠四郎の心の中の制御装置が一瞬消えた。彼は無意識のうちに刀を抜き放っていた。

誠四郎は一刀流を使う。十二の歳から富士見坂《ふじみざか》の有明道場《ありあけどうじょう》に通った。伊藤一刀流の流れを汲《く》む道場である。父の祥兵衛もここに通っていて、師範代を任されるほどの腕前になった。

その流れを誠四郎も継承している。父の境地にいたるにはまだまだ距離はあるが、そこそこの剣が使えた。

誠四郎は抜いた刀のさきを、いきなり広之進の鼻先に突きつけた。目のまえに白刃

が迫って相手はどういう行動に出るか。それで力量をはかろうとしたのである。刃を突きつけられて、広之進は一、二歩後退した。うしろに退いてはつぎの攻撃の態勢が失われる。

それで誠四郎は相手の腕のほどを読んだ。誠四郎は刀を下段に下げ出方を待った。劣勢を取り返すべく広之進は一気に攻撃に移った。太刀を真っ向に振りかぶると、真正面から誠四郎に斬りつけてきた。そこそこ鋭い太刀さばきである。多少の修練は積んでいると見えた。

だが誠四郎には通じない。彼は身体《からだ》をひねって太刀先をかわすと、すこし腰を落として広之進の胴を払い、前のめりになった背中を真っ二つに切り割った。広之進は声もなく大地に突っ伏して動かなくなった。

吉岡とかいう若侍のすがたはとっくに消えている。

九

その足で誠四郎は南町奉行所にもどった。彼が御納戸頭の息子を手にかけたという情報はすでに届いているようで、誠四郎を迎える同心仲間や与力の態度によそよそしさが浮き立っている。みんな関わり合いになるのを避けているのだ。

その中でもとくに武井与力の態度は見るも無惨だった。顔色は海の色ほどに青ざめ、唇を細かく震わせて、まるで一気に十歳も年老いたかと思えるほどの憔悴《しょうすい》ぶりが見てとれた。

だが武井与力は誠四郎を見ても、ひと言も言葉を口にしなかった。もはやどんな言い逃れも通用しないし、誠四郎の上司としても責任は回避できない。そんな絶望感が彼全体を覆っている。

南町奉行朝倉備前守《あさくらびぜんのかみ》は黙って誠四郎を私室《ししつ》に迎え入れた。奉行と面と向かうのはこれが二度目である。一度目は駒込の笠の屋で起きた事件の尻ぬぐいをしてもらった。

朝倉奉行は誠四郎の顔を見ると、

「御納戸頭の嫡男を手にかけたそうだの」

まるで世間話でもするような口調で聞いた。

「はい……その報告にまいりました」

「なんとも厄介を起こしてくれたものだ」

そう言った朝倉奉行の顔に乗っているのは笑顔であった。奉行は譴責《けんせき》するどころか笑っているのである。

「自分で自分が制御できなくなり、奉行所に取り返しのつかないご迷惑をおかけしてしまいました」

誠四郎が詫びると、朝倉奉行は、

「奉行所はなんの迷惑も被っていない」

と言ったのである。

意味をとりかねた誠四郎の目のまえに、奉行は一枚の紙切れを差しだした。

「じつに杜撰《ずさん》な話だが、昨日これを谷岡同心に渡すつもりが、ついつい渡し忘れてしまってな」

誠四郎は紙切れを受け取って見た。それは誠四郎を謹慎《きんしん》処分にすると書かれた申《もう》し渡書《わたししよ》だった。日付は昨日になっている。

「先《せん》だっておなじ御納戸頭の嫡男を、こともあろうに自身番に呼んで取り調べたらしいな。その行きすぎた行為に対する処分が昨日決まった。遅れて申し訳ないが、受け取ってもらいたい」

なるほどそういうことかと誠四郎は納得がいった。昨日づけで謹慎処分の通達がでた。杉山広之進を勝手に取り調べたことへの処分である。だから今日の広之進殺しは、謹慎処分になった同心が犯した私事《しじ》であって、奉行所とは一切関係がない。

朝倉奉行が言った「なんの迷惑も被っていない」とは、そういう意味合いだったのだ。

誠四郎としては受け取るより仕方なかった。一礼をして私室をでようとしたとき、

「そうその申渡書には発効日は書いてあるが、いつまでという期日は書いていない。わしの見るところ期日は明日一日。あさってからは出所できるよう、心づもりをしておくように」

朝倉奉行は言った。

誠四郎は頭が混乱してきた。謹慎処分の通達を出しておいて、奉行は「あさってから出所する心づもりでいろ」と言ったのである。

誠四郎にとってまったく意味不明、狐《きつね》につままれたような朝倉奉行の言葉であった。

だがその話を聞いたとき、父祥兵衛は即座に、

「朝倉奉行もなかなか味なことをやる」

ニンマリと笑ったのである。

「どういうことでしょう。私にはさっぱり判断がつきかねているのですが」

「手妻《てづま》のタネは明日になれば分かる。明日一日真面目に謹慎することだ。謹慎というより、ゆっくり骨休めせよとの奉行の心遣いだろうだがな」

そんな祥兵衛の言葉を聞いて、誠四郎の中では、ますます混乱は倍増するばかりであった。

翌日の八つ半(午後三時)ごろ、縁側に寝そべって流れる秋の雲を飽《あ》くことなくながめていた誠四郎のところへ、朝倉奉行から呼びだしがかかった。昨日の申渡書を持ってすぐに出所せよという。

朝倉奉行は私室で待っていた。誠四郎が部屋に入るのを見て、

「申渡書は持ってきたか」

開口一番がそれだった。

誠四郎が差し出すと、奉行はこともなげに申渡書をびりびりと引き裂いた。

誠四郎は口をあんぐり開けたまま、奉行の所行を見ている。すると朝倉奉行は咎《とが》める口調になって言ったのだ。

「夢の話につき合わさないでくれるか。忙しい身に大いに迷惑だ」

「夢の話、なんのことでしょう?」

「昨日御納戸頭の嫡男を切り捨てたと言ったな」

「はい。そのとおり私は……」

「奉行所として詫びを入れなければと思い、今日杉山家に問い合わせたところ、嫡男が斬り殺された事実はないという。たしかに嫡男は死亡している。しかし理由は病死だというではないか」

「病死？」

状況を理解するのにすこし時間がかかったが、

（そういうことか）

とようやく誠四郎は理解した。

武家の、しかも御納戸頭を務める由緒ある家の息子が、町方役人に斬り殺されたでは体面が立たない。そこで病死として外聞を取りつくろったようなのだ。

特別珍しい話ではない。不祥事を口実にお上から改易《かいえき》を命ぜられるのを怖れた大名や旗本が、お家を守るためよく使う手である。

どうやらこうなることを朝倉奉行は予測していたようだった。それが奉行の「あさってからの出所」発言になったのだ。

一日遅れという異常な申渡書にしたって、杉山広之進斬殺を聞いてから、奉行所に累《るい》がおよぶのを怖れた連中の騒ぎを抑えるために、奉行が打った一手と考えられなくもない。

しかも父祥兵衛はそんな奉行の思惑を読み取っていた。おなじ渦中にいながら流れがまったく読めず、ただ混乱を起こしただけの自分の浅慮が、いまさらのごとく腹立たしく情けなかった。

誠四郎が自虐《じぎゃく》に落ち込んでいるのをよそに朝倉奉行は、

「ところで御納戸頭の嫡男を取り調べた不手際についても、奉行所から正式に謝罪を申し入れたところ、向こうからそんな事実はまったくないとの返事がもどってきた」

「しかしあれは、杉山家のご用人が直接南町奉行所に出向かれて……」

「それだ。向こうは用人が急に用便を催したので、はばかりを借りに奉行所に立ち寄ったのであって、抗議など申し入れた覚えはないと言っている。杉山家が嘘をついているとは思えない。だとすれば取り調べの事実も刃傷《にんじょう》沙汰《ざた》も、谷岡同心、そなたが見た白昼《はくちゅう》夢《む》だったということになる」

そこまで言って朝倉奉行は、なんとも皮肉な笑みを浮かべると、

「白昼夢など見たくて見られるものではない。いい経験をしたと自分に言い聞かせ、将来のよき糧《かて》とすることだ」

もうすこし知恵をつけろと言われたようで、誠四郎は思わず平伏したまま、容易に頭が上げられずにいた。

十

「でもよかった。誠四郎が最悪お役御免にでもなって、扶持《ふち》がもらえなくなればどうしたものかと、心配で昨夜は一睡もできませんでした」

夕餉の場で紫乃が言った。

「そうかな。わしにはよく寝ていたように見えたが。浜屋《はまや》の鰻《うなぎ》が食いたいと、寝言にまで言ってたぞ」

「茶化《ちゃか》さないでください。ほんとに心配したんですから」

「あんたは何事につけのんびり屋さんだから、たまには心配した方が、いい刺激になるんじゃないのか」

冗談っぽく返しながら、祥兵衛が箸をつけたのは、松茸に甘味噌を詰め込み、こんがり焼き上げた一品だった。

「今夜は特別な日かね。松茸づくしの夕飯だが」

なるほど松茸の吸い物に、味噌焼き、松茸と秋野菜との煮物、鰆《さわら》の身に松茸を挟んだ焼きもの、松茸ご飯まで並んでいる。

ついでながら「春の魚」と書く鰆だが、産卵前と産卵後で獲《と》れる旬《しゅん》が違った。関西での旬は春だが、江戸での旬は松茸のでるこの時期からはじまる。

「八丁堀にくる棒手振《ぼてふり》が、安くていい松茸が手に入ったからととどけてくれたんです。なにも思わず松茸づくしにしたのですが、いまから思うと、誠四郎さまが謹慎処分を解かれた特別な日の献立になりました」

春霞が応えるのをさえぎるように、

「それですよ。一日遅れの申渡書を出すなんて、お奉行もいい加減過ぎませんか」

紫乃が思いだしたように言った。

「上の人には上の人なりの事情も思惑もあれば、われわれには分からない気苦労もある」

祥兵衛は遠まわしに言ったが、もちろん紫乃には通じない。

「気苦労の分かる人が、申渡書を渡すのを忘れたりしますか。しかもたった一日で決めたことを撤回するなんて」

「結果、それでよかったんじゃないのか」

「結果がよくても、手つづきのいい加減さは許されるものではありません」

紫乃はいつになく粘っこく主張した。

「そうカッカしないで、料理をいただきなさい。この松茸の味噌焼きなど絶品だぞ」

紫乃の抗議を食べ物の方に逸《そ》らせておいて、祥兵衛は誠四郎に向き直った。

「明日の予定はどうなっている？」

「定廻りの代行は終わりましたから、明日からは奉行所待機です」

「じゃあ北森下町まで行くゆとりはあるな」

「例の甚平店ですか」

「明日の巳《み》の刻《こく》（午前十時）、宮重《みやしげ》という宮大工《みやだいく》店《だな》の棟梁が、甚平店へ与五郎の遺児平太を引き取りにくるそうだ。その子に逢って、父親殺しの下手人が死んだことを伝えてやってはどうかと思ってな」

「宮大工が平太を引き取る話、どうして父上がご存じなんですか」

「大隅先生が、父親を殺された子供の話を聞いて、一肌脱いでくださったんだ。その先生から明日遺児が引き取られると、さっき連絡があった」

「あの大隅先生が？」

「そうだ」

「それにしても親切な。親切すぎるというか……」

「世に中にはそういう人もいる」

祥兵衛が言ったとき、横から紫乃が口をはさんだ。

「この人が大隅先生に頼み込んだんですよ。子供をどこかいい宮大工に世話してやって欲しいと……」

「でしょうね」

誠四郎は納得した顔になった。

「わしが隠しているのに、ばらすことはないだろう」

祥兵衛は紫乃をにらみつけた。

「自分の息子のために、わざわざ大隅先生に逢いに行っといて、なんにも隠すことはないじゃありませんか」

「奥ゆかしさの分からない御仁《ごじん》だな。わしが出過ぎて誠四郎の負担になってはいかんと、わざと隠しておるのに」

「それを奥ゆかしさと言うんですか」

「人の心を思いやる気持ち。それを奥ゆかしさと言っておかしいか」

ちょっと空気が険悪になりかけたのを見て、

「まああお二人とも……じつを言いますと、平太の話をしたとき、きっと父上が子供のために動いて下さるんじゃないかと、そういう期待が私になかったとは言いません」

「腹の中ではそんなことを考えていたんですか」

と、紫乃。

「それを口には出さない……これも奥ゆかしさです」

「まあ、親も親なら、子も子ですね。あきれてものも言えません」

紫乃はふてくされたように料理にもどるのを、春霞は笑いをかみ殺しながら目の隅で見て、松茸の吸い物の椀を取り上げた。

翌朝、誠四郎はいったん奉行所に顔をだすと、用があるからとすぐにそこを出た。

永代橋を渡り、大川沿いの河岸道を北にとって北森下町に向かう。

木戸のまえに人だかりができていた。亭主が働きにでたあとで、集まっているのは女房連だった。そのまえに立って、いかにも職人風の一徹《いってつ》そうな中年男が挨拶していた。

「長いあいだ平坊の面倒を見ていただいてありがとうございました。今日からあっし、宮重《みやしげ》の仙太《せんた》がお預かりして、この子を立派な宮大工に育てます。どうかご心配なく」

仙太が頭を下げると、ひとりでに拍手が起きた。「棟梁、よろしく頼みますよ」「与五郎さんのあとを継げる、立派な宮大工に育ててやってください」そんな声も重なった。

すこし離れた場所からその風景を見ていた誠四郎は、長屋の人の人情に触れて胸がジンと熱くなった。

棟梁の仙太のうしろに隠れるようにして平太が立っている。そこから半間（約九一センチメートル）ほどはなれたところに、髭もじゃの大柄な男がいた。大隅大膳である。彼は父との約束を守り、平太を引き渡すまでの面倒を見てくれたらしい。手には大きな風呂敷包みを二つ提げている。

棟梁の仙太は一歩引いて、平太をまえに立たせた。平太はぺこんと頭をひとつ下げると、

「いろいろお世話になりました。ありがとうございました。チャンに負けない立派な宮大工になります」

七歳とは思えない、立派な挨拶をした。

長屋の女房連から「頑張るんだよ」「応援してるからね」と声がかかる。その応援にもう一度頭を下げて、棟梁と平太が歩きだそうとするのを、大隅が止めた。

「平坊、お前を見送りにきてくれている人があそこにもいる。きちんと挨拶してこい」

誠四郎を指さして言った。

平太は誠四郎のことを覚えていたようで、顔を見たとたん表情を硬くした。それで

も誠四郎のまえに立つと、

「チャンのことではお世話になりました」

きちんと言うことだけは言った。

その言葉の持つ冷たさに誠四郎は動揺した。父の死に、なんにもしてくれなかった町方役人。平太の心の中で誠四郎はそういう位置づけになっているらしい。

そう思ったとたん、つぎの言葉が知らないうちに口をついてでた。

「お父さんの事件で、なにも力になれなくて申し訳ないと思っている。ただ下手人は突き止めた。お父さんを殺したのは杉山広之進という侍だった」

下手人が分かったと聞いて、平太の表情に動きが見えた。

「しかし相手が武家では、町奉行所としてはなんの手も打てない。ただできることがひとつだけある。相手の侍に人を殺したという罪の意識を持たせることだ」

「……？」

「それが私の仕事と考えて、手を抜かずにやってきたつもりだ。そしてとうとう下手人の口から、殺して申し訳なかったという言葉を引き出した」

大嘘だった。

自分の立場を正当化するためではない。これから新しい旅立ちをしようという子供の、心に巣食った暗い澱《おり》のようなものを氷解しておいてやりたいと思ったのだ。誠四郎を見たときの表情の硬さは、その澱がつくりだしたものだろう。

それを持ちつづけるかぎりこの子は、心の縛りから自由になれない。そう思った瞬間、大嘘がひとりでに口から滑りでたのだった。

「下手人は悪かったと言いましたか」

平太の声音《こわね》がすこし変わった。

「言った。殺したお父さんの墓のまえで許しを請いたいとまで言った」

「……！」

「だが良心の呵責《かしゃく》に耐えられなかったのだろう。彼はおととい自害して果てた。いまごろあの世で、お父さんに逢って詫びをいってるんじゃないかな」

大嘘がさらに大きくなった。ひとつの嘘が誠四郎を制御不能にしていた。

聞いて平太の目が明るくなった。自分を束縛《そくばく》していたなにかから、解き放たれた感じだった。

「そうでしたか。ありがとうございました」

平太は声をはずませて嬉しそうに言うと、深々と頭を下げた。

「だからこれまでのことは忘れて、まっさらな気持ちで修業に励み、お父さんに喜んでもらえるような立派な宮大工になるんだぞ」

「はい、頑張ります」

力強く応えると、平太は棟梁にうながされて木戸口をでて行った。

見送る誠四郎の横に大隅が立った。

「じつに見事な大嘘だった。しかし危ない嘘だったたな。跳ね返りの若侍が、罪を認めたり、殺した相手に詫びたりなど、普通のものが聞けばあり得ないことだとすぐ分かる」

「私もしゃべりながら冷や汗ものでした」

「しかし平坊は納得したようだからそれでいい。嘘は嘘でも許される嘘だ」

前方に六間堀《ろっけんぼり》の北橋《きたはし》を渡っていく、二人の後ろすがたが見えた。

「あ、そうだ。これを父上にさしあげてくれ」

大隅は二つ提げていた風呂敷包みのひとつを誠四郎に渡してよこした。

「なんでしょう？」

「東照宮の模形《まねかた》だ。それはあんたの親父が、平坊のところから持ちだしてきたものだ。それともうひとつ、これは昨日仕上げたという芝増上寺の模形だ。これからは模形ではなく本物を造ることになるから、不要だと言って平坊がくれたんだ」

「…………」

「カンのいい子供だからな。きっと今度の弟子入りのために働いてくれたのが、東照宮の模形を持っていった年寄りとこのわしだと分かっているんだろうな。だからいわばこれは平坊から、わしら二人への感謝の贈り物だ」

「よく分かりました。ちょうだいします。父も喜ぶことでしょう」

やがて棟梁と平太の後ろすがたは、辻を曲がって見えなくなった。それを見送っていた長屋の女房連もすがたを消した。

あとに誠四郎と大隅とが残された。

「平坊はきっと立派な宮大工になるだろう。だが気の毒に、それを喜んでくれる父親はいない。それに比べてあんたはいい父親に恵まれている。ところが生きているうちはそのありがたさが分からない。人のこころの悲しさだな」

ポツリとそうつぶやくと大隅は、

「墓に布団は着せられず。生きてるうち、大切にするんだぞ」

ひとつ肩をたたいて、足早に立ち去っていった。

それを見送る誠四郎の胸に、父親を大事にしろよと言った大隅のひと言が、いつまでも消えずに突き刺さって残った。

第三話　見えない下手人

一

その朝、南町奉行所の庭に初霜が降りた。陽《ひ》が昇ってもしばらく霜は、銀色にきらめいて下草に消え残っていたが、やがてさし込むような寒さだけを残して消えた。その冷え込みが昼を過ぎてもつづいている。

小者が運んできてくれた手あぶりを、かかえ込むようにして暖を取っていた谷岡誠《たにおかせい》四郎《しろう》のところへ、武井《たけい》助五郎《すけごろう》与力《よりき》からお呼びがかかった。

やれやれと一声残して、誠四郎は与力溜《だ》まりへと向かった。武井与力一人だけが、ぽつねんとすわっている。

「杉田《すぎた》抱月《ほうげつ》という絵師《えし》が殺された事件は聞いているな」

前置き抜きで武井はいきなり言った。

「村野《むらの》与力の組が手がけられてる事件ですね」

その事件はひと月ほどまえ押上村《おしあげむら》で起きた。あのあたりは村野嘉兵衛《かへえ》与力の所轄である。なかなか下手人の手がかりがつかめず、探索は難航していると聞いていた。

「それだ。じつは村野与力の組は、新しく起きた事件で手が放せなくなり、探索の継続をこちらに依頼されてきた」

探索の継続依頼といえば聞こえはいいが、新しく起きた事件を口実に、厄介《やっかい》を切り離そうとしているのは見え見えである。

「まさか、それを私に……?」

「引き継いでもらいたい。くわしいことは沼田《ぬまた》同心から聞け」

沼田とは村野与力の右腕と言われている同心である。

「で、沼田同心はどこに?」

「いまは町廻《まちまわ》りにでている」

だからどうしろとは言わず、武井は用はすんだとばかりこちらに背を向けた。それ以上は聞いても無駄なので、誠四郎は黙って同心溜まりの手あぶりへともどった。

沼田同心が顔を見せたのは早い日足《ひあし》が傾いて、そろそろ明かりが欲しくなる頃《ころ》おいだった。

「やあ遅くなってすまん、すまん。武井与力から聞いてくれたか？」

「探索継続のことなら聞きました」

「厄介をかけるがひとつ頼む」

沼田は調子よく言った。言葉つきが明るいのは、手詰まりで困っていた事案を手放して、清々《せいせい》したからのように誠四郎には見えた。

「じゃあこれまでの経緯《けいい》を、簡単に説明しておこう」

そう言って沼田が語った事件の顚末《てんまつ》とは、つぎのようなものだった。


絵師の杉田抱月が押上村の自宅で、絞殺死体となって発見されたのは一月《ひとつき》ほどまえのことである。死体は通常仕事部屋と呼ばれている画室で発見された。様子から抱月は深夜に仕事をしていて、仮眠しているところを襲われたものと思われた。

発見者は近くに住む弟子の杉田春月《しゅんげつ》である。春月は本名を兵助《へいすけ》と言い、小間物の行商をしていたのを、ふとしたことから絵の技量を認められて抱月に弟子《でし》入りした。杉田春月は抱月がくれた雅号《がごう》である。

彼はいつものように六つ（午前六時）に抱月宅にやってきた。朝の早い抱月はいつもならとっくに起きている時刻である。ところが表戸は閉まったままだった。

その前の晩、春月が帰宅するとき、抱月は徹夜で仕事をする様子だったから、まだ寝ているのだろうと思い、そっと裏側にまわってみた。隅の方に厠《かわや》への出入りのための小さな戸口がある。いつもここには錠が下りていない。だがどうしたわけか、その朝は内側からさるが下りていて、押しても引いてもびくともしなかった。

ほかに窓が二か所にある。そこにもさるが下りていた。いわゆる密室である。

大声で師匠を呼んでみたが返事はない。不安が増して春月は表戸にもどると、力一杯杉戸を揺すってみた。この戸は内側から心張棒《しんばりぼう》がはめ込んである。揺すればはずれてくれる期待があった。

春月が表戸と苦闘しているところへ、もう一人の弟子杉田酔月《すいげつ》がやってきた。前の晩遅くまで飲んでいたらしく、プンと酒の匂《にお》いがした。なにしろ彼は酒には目がない上に底なしの酒豪《しゅごう》である。

酔月はもともと友禅《ゆうぜん》の染め職人だったが、やはり絵の技量を認められて弟子入りした。春月にとって弟弟子だ。抱月はこの二人だけしか弟子を持たなかった。

「師匠になにかあったんでしょうか」

事情を聞いて酔月は顔色を変えた。

二人して杉戸をゆさぶっているうち、ようやく心張棒がはずれた。

内部《なか》に踏み込んで二人が見たのは、首を絞められて事切《こと き》れている抱月のすがたであった。すでに硬直がはじまっている。

なすすべもなく茫然《ぼうぜん》と立ちつくす二人の目に、遺体のそばに切りきざまれて散乱する絵絹《えぎぬ》の欠片《かけら》が飛びこんできた。絵絹とは画家が使う画布で、薄手の絹織物が使われたことからそう呼ばれた。

春月が一片を拾い上げて見ると、それは間違いなく抱月の絵の一部であった。どうやらこの部屋においてあった抱月の絵が、鋏《はさみ》で切りきざまれたらしい。

下手人は抱月を殺したあと、この部屋におかれてあった絵のすべてを切りきざんで逃げたらしい。ただ隣の抱月の居室《きょしつ》の押し入れにしまってあった絵には手がつけられていなかった。

「ざっと説明すればそういうことだ」

説明を終えると沼田は、自分の仕事はすべて終了したという顔になった。

「硬直がはじまっていたということは、逆算して殺害時刻は丑三《うしみ》つ刻《どき》のころということになりますか」

丑三つ刻とは丑の刻。八つ刻（午前二時）をそう呼んだ。

「まあそのあたりだ」

「首を絞めた凶器はなんでした？」

「絹のしごき紐《ひも》だった。女の持ち物だから、下手人を女に絞ってみたんだが、抱月の身辺からそれらしき女性は浮かんでこなかった」

「ということは、下手人が男だったとも考えられるわけですね。凶器に使うためにどこかの店で買い込んだ……？」

「それも調べた。だがそれらしき店は見つからなかった。それに首を絞めるなら、仕事部屋から画材の梱包《こんぽう》に使われたらしい細縄《ほそなわ》が何本も見つかっている。わざわざ買って外から持ち込む必要はないんだ」

「絞殺に使ったのが絹の紐だったことに、なにか意味がありそうですね」

「そうだろうか」

沼田はそれは考えすぎだという顔をして見せた。

「抱月を殺したうえ、絵を切り裂いたことにも意味がありそうですね。抱月への恨みからでた行為でしょうか」

「さあ、そこがはっきりせんのだ。調べてみたが、抱月に恨みを持つものは浮かんでこなかった。あと、くわしいことは源太《げんた》から聞いてくれ。今度の事件でもっとも働いてくれたのが彼だからな」

源太とは沼田同心が使っている岡《おか》っ引《ぴ》きである。

そこまで言って、沼田同心は立っていった。


「また厄介を押しつけられたな」

谷岡祥兵衛《たにおかしょうべえ》は鍋《なべ》の葱《ねぎ》をすくい上げながら言った。例によって夕餉《ゆうげ》の場である。今夜の献立は鴨鍋《かもなべ》だった。

「いつものことです」

誠四郎はよく煮えた鴨肉を口にしながら答えた。

「杉田抱月というのは、かなり名の知れた絵描《えか》きだそうだ」

「そうでしたか。私は絵の方はあいにく不調法《ぶちょうほう》で」

「わしも大隅《おおすみ》先生から聞くまでは知らなかった」

「大隅先生は絵にもくわしいのですか」

「くわしいかどうかは知らんが、以前診てやった大店《おおだな》の主《あるじ》から、お礼にと抱月の絵をもらったらしい。それがえらく気に入ったようで、ぜひいちど見にこいと誘われてはいたんだが、絵なんか見てもわしには善《よ》し悪《あ》しの判断がつかん。だから適当に口実をつけてご遠慮申しあげてきた」

「私は明日にでも抱月宅に出向いて、絵を見せてもらってこようかと思ってます。弟子の杉田春月にはいろいろと聞きたいこともありますし……」

「おまえが抱月の事件を手がけるとなれば、わしも一度その絵を見ておきたいな。ついでに大隅先生の講釈を聞いて、絵の勉強をしておいても無駄ではあるまい」

「なにも誠四郎が事件を手がけることになったからって、あなたまで絵の勉強をする必要はないんじゃありませんか」

口をとがらすようにして、異議を唱えたのは紫乃《しの》である。熱い豆腐を口の中で持てあましながらのひと言である。

「勉強しておけば、誠四郎の役に立つこともあるかもしれん。なんならいっしょにくるか」

「明日の先生のお出ましさきはどこでした？」

「金沢町《かなざわちょう》　浜屋《はまや》の鰻《うなぎ》の日だな。だが絵を見せてもらうんだから、行く先は芝口のご自宅だ」

「じゃあ、止《よ》しときます。私、絵に興味はありませんから」

「そりゃ残念だったな。帰りには足をのばして、浜屋の鰻を馳走《ちそう》してやろうと思った

「じゃあ、ごいっしょします」

紫乃は柔軟に意見を変えた。

「呆れた人だ。食うこととなるとまるで子供だ。なあ春霞《はるか》さん」

祥兵衛は話のさきを、鍋に野菜をつぎ足している春霞に持って行った。

「食べることに熱心な人は、健康で長生きすると言います。だからお義母《かあ》さま、どうぞ長生きなさってくださいね」

春霞は例によって上手《うま》くまとめた。

二

明くる日誠四郎は岡っ引きの伊之助《いのすけ》を伴って、沼田同心が言った源太を訪ねた。

源太の女房は雷 門《かみなりもん》近くの並木町《なみきちよう》で、『あきの』という小体《こてい》な料理屋をやっている。

源太はたいていそこにいて、お上の仕事がないときは店を手伝っていると聞いている。

源太はすでに沼田同心から連絡を受けていたようで、誠四郎を見ると小座敷のひとつに招き入れた。

「源太と申します。用件は沼田同心からうかがっております」

畳《たたみ》に手をついて如才《じょさい》なく挨拶《あいさつ》した。

「同心の谷岡誠四郎だ。こちらは手伝ってもらっている伊之助。ともどもどうかお見知りおきを。ところで杉田抱月の事件に関しては、こちらから経緯を聞くようにと沼田同心から言われてね」

「あっしどもの力足らずで、後始末をそちらにお願いするなんて、まことに申しわけのねえ話で……」

お茶を運んできた女中が去ると、源太は居住まいをただすようにすわり直して、

「どの辺からお話ししましょうか」

と聞いてきた。

「事件が起きたときの様子は沼田同心からうかがった。私が知りたいのは、その後の探索の経緯なんだ」

「分かりました。最初の沼田同心の見込みでは、下手人は弟子の杉田春月か酔月、あるいは二人の共犯ではないかということでした。というのも表も裏も内側から戸が閉まっていた。つまり密室です。仕方なく二人は心張棒をはずして中に入ったというのですが、はじめから表戸は開いてたのではないかというのが沼田同心の見立てで……

でも違いました」

「…………」

「まず酔月ですが、抱月が殺された時刻には、近所の知り合いを家に呼んで飲み交わしていたというのです。事実われわれが抱月宅に踏み込んだときも、酔月はけっこう酒の匂いをさせていました」

「…………」

「それから死体の側《そば》には、鋏で切りきざまれた絵絹が散らばっていました。酔月はもと友禅染の職人でしたから、鋏の扱いはお手のものだろうというので、いちばんクロいと思われたんですが、殺しのあった時刻に仲間と酒を飲んでいたと分かれば、どうしようもありません」

「酔月の容疑は晴れた……」

「一方春月も疑惑が解けたといいますか、とても下手人とは思えないところがありましてね。彼の抱月への心酔はかなりのもので、その悲しみようは半端ではありません。酔月も腑抜《ふぬ》けのようになっていましたが、春月の悲しみようはそれより大きく見えました。もちろん犯行を隠すための演技と考えられなくもありません。ところが彼は、被害に遭わず残った師匠の絵を大切にしなければと、人手に渡っているものを探し歩いているのです。あの努力を見ていると、とても下手人とは思えません」

「すると春月の容疑も晴れた？」

「そうです。そこで抱月の絵を切りきざんだことから、下手人は抱月に恨みを持つもののしわざと考えて、探索を外部《そと》に切り替えたのですが、これまたいくら探しても、下手人らしきものの陰さえ浮かんできません」

「………」

「まず個人の恨みの線ですが、これはすぐに突き当たってしまいました。抱月というのは人とのつきあいの範囲が狭くて、行き来していた人の数は知れていました。それに抱月は人から恨まれるような人物ではなかった。数少ない知り合いから聞いたところ、あれほどこころの優しい人はいないと、みんな口をそろえました」

「………」

「抱月というのは、絵の世界ではかなりの有名人だそうです。その絵を切りきざんでいることから、おなじ絵描きの仲間うちに、抱月の後塵《こうじん》を拝して、それを恨んでいるものの犯行ではないかという意見も出ましてね。これはかなり有力だと思ったんですが、まったくの空打ちでした」

「絵描きの世界というと、われわれ俗人と違って、複雑な人間関係があるのかもしれないな」

「あっしの印象では、あの世界は変人の集まりです。質問にだれもまともに答えてくれません。聞き込みにあんな苦労をしたのははじめてでした。ところが日暮里《につぽり》に薄田《すすきだ》胡蝶《こちよう》という絵描きさんがいましてね。この人が親切に、同業者の様子をくわしく教えてくれました。その結果分かったのは、絵の世界には相手の腕を嫉妬《しつと》して、人殺しをするようなものはいないということでした」

「すると下手人はいなくなった？」

「そういうことになります」

源太はもうしわけなさそうに肩をすぼめて小さくなった。

三

『あきの』を出たところで、伊之助は誠四郎を振り向いた。

「これからどうします？」

「念のため源太の調べを、もう一度あたり直してみようと思う。下手人が消えてしまったということは、どこかに見落としがあるからだと思うんだ」

「まずは手がかりの糸口をつかまえることですね」

「今度の事件は抱月の弟子たちと、抱月に恨みを持つものの犯行という二本の線、つまり身内説と他人説に分かれるようだ。私はこれから抱月の弟子二人に逢《あ》ってくる。伊之助は他人の線を調べてみてくれるか。他人と言っても私は、対象を絵師仲間にしぼっていいと思っている。まずは源太が言っていた、日暮里の胡蝶という絵描きから話を聞くのがいいだろう」

「分かりました。さっそくあたってみます」

「ついでにもうひとつ頼まれてくれないか」

「なんでしょう?」

「凶器のしごきだ。抱月の身辺に女気がなかったとすると、やはり下手人がどこかで買ったと見るのが至当《しとう》だろう」

「それを調べるんですね」

「頼む」

誠四郎はそこで伊之助と別れると、吾妻橋《あずまばし》を渡って押上村へと向かった。

春月は抱月宅で片付けに余念がなかった。細面で優しげな顔立ちで、もと行商人の臍《へそ》の緒《お》がまだ切れていない感じの、画家というより商人《あきんど》が似合う風貌《ふうぼう》の男だった。

「なかなか片付けが進みませんで、取り散らかしておりますが……」

春月は奥の座敷に誠四郎を招き入れた。開け放った障子の向こうに、小さな庭と、そのさきに枯れ色一色に広がる広大な野畑《のばた》が見えた。

寒さに気づいて、春月はあわてて障子を閉めた。

「人が住まなくなった家は、風通しに気をつけないと傷みが早いもので」

春月はいいわけがましく言って誠四郎に座布団をすすめ、自分もその前にすわった。

「じつは抱月さんの事件を、洗い直すように命ぜられたもので。おなじような話を再度聞くことになるが、ご協力をお願いする」

誠四郎が言うと、春月の表情がすこし堅くなった。

「調べ直されるということは、なにかご不審な点でも?」

「いやいや、事件に始末をつけるための再調査……くらいに考えてくれていい」

「そうですか」

春月はいったん立っていき、お茶の用意をしてもどると、急須《きゅうす》から注《つ》いだ茶を、誠四郎の膝元《ひざもと》におき、あらためてすわりなおすと言った。

「私に分かることでしたら、なんでもお聞き下さい」

「事件の様子はおおよそ前任者から聞いたんだが、もう一度あんたの口から説明願おうと思ってな」

「分かりました」

気持ちよく応じて、春月が話してくれた内容は、沼田同心から聞いたのと大差はなかった。

聞き終わって誠四郎は、思い出したように湯飲みを取り上げた。ぬるくなっているが、渋みと甘みの調和したかなり上物のお茶だった。

「そこで確認だが、表戸も厠への戸口も、二か所の窓も、みんな内側から閉じられていたんだな」

「はい、表戸には心張棒が、その他の出入り口や窓には、さるがおりていました」

「すると下手人はどこから入ったのだろう」

「師匠がうっかり戸締まりを忘れて、表戸が開いていたんじゃないでしょうか」

「しかし入るときはいいとしても、出るときはどうしたんだろう。表戸には心張棒がはまっていたんだろう」

「私たちもよくやるんですが、外に出るとき内側から戸に心張棒を立てかけておいて、表に出てから勢いよく閉めると、心張棒が下りた状態になるんです」

「なるほど。ところで抱月さんは仕事場で、丑三つどきに亡くなっている。そんな遅くまで仕事をされていたのかね」

「師匠は興が乗ると、寝るのを忘れて仕事場に籠《こ》もられることがよくあります。あの晩もそうで、手がけている絵が仕上がるまで、徹夜されるような話でした」

「抱月さんは寝ているところを襲われたそうじゃないか」

「仕事にくたびれて、きっと仮眠されていたんでしょう。この時期は寒いので、そんなときのために綿入れの袢纏《はんてん》を用意されていました。あのときも袢纏を着ておられましたから、仮眠しているところを襲われなさったんだと思います」

「仕事場には絵絹が切りきざまれ散乱していたそうだが」

「切り捨てられたのは、全部で四枚でした」

「無事だった絵もあったそうだな」

「はい。師匠は自分の絵に無頓着な人で、描き上げた絵は仕事場に無造作に積みあげておかれます。そこで私は大切な絵にもしものことがあってはと、描きあがった絵を桐《きり》の箱に入れて、師匠の居室の押し入れにしまうようにしていました。あのときは六枚の絵を二つの桐箱にしまってあったのですが、これは無事でした」

「下手人は桐箱の絵のことは、知らなかったんだな」

「知らなかったんでしょうね。荒らされたのは仕事部屋だけでした」

「ところで抱月さんの絵を拝見できないか。そっちの方はまったく不案内なもんで」

「分かりました。すぐにお持ちします」

春月は立っていくと、隣の部屋の押し入れから、桐の箱をひとつかかえてきた。ふたを開けると、内部《なか》から和紙に包んだ三枚の絵を取り出し、慎重な手つきで誠四郎のまえに並べた。

見て一瞬、誠四郎は息を飲んだ。並べられたものはいずれも、じつに精緻《せいち》極まりない筆致《ひっち》で描かれた画《え》であった。

ひとつは満開の桜と群れ遊ぶ小鳥たちを描いたもの。もう一枚は一面銀世界の山巓《さんてん》を、二羽のつがいの鶴が飛んでいるもの。そして三枚目は、鮮やかな大輪の牡丹《ぼたん》と、餌《えさ》をついばむ雀《すずめ》を描いたものである。

誠四郎は声もなく三枚の絵に見とれていた。どれもこれも美しい色彩と緻密な筆遣いが絵全体を際立たせ、見るものを夢幻《むげん》の境地へ引きずり込むような絵だった。

たとえば牡丹の絵である。花弁ひとつひとつが細心な筆遣いで精密に描かれている。ふんだんに絵具を使ったと見え、よく見ると花弁の色合いがどれもこれも微妙に違う。それが雀にも表れていて、この絵にはおなじ羽色の雀はいない。感じる色合いの柔らかさが違うのだ。現実の雀の羽色の微妙な違いを、抱月の観察眼はきちんと捉《とら》えていたようだ。

もっと感心させられたのは、雀が遊ぶ草地の草である。下草一枚一枚が葉先までていねいに塗り込められ、朝露の残った葉、乾きはじめた葉の描き分けまできちんとなされている。

抱月の絵は草一本、砂利一粒からきちんと描かれ、それが積み重なって写実でありながら、幻想的で極彩色《ごくさいしき》の世界を作り上げているのだ。

「素晴らしい絵だ」

やがて夢から覚めたように誠四郎が感嘆の声をあげた。

「普通、目に映った全体の印象をまずつかまえ、そこから詳細な図絵に入っていかれる絵描きさんが多いのですが、師匠の場合は草の一本、木の葉っぱ一枚から精密に描き上げ、それを積み重ねて独自の絵の世界を作り上げておられました。そんな画風の人でしたから、一年に一作か二作しか描き上がりません。私の知るかぎり、師匠が亡くなるまでに遺《のこ》された作品は全部で十八枚でした」

「すると無事だった六枚と、切りきざまれた絵が四枚、残る八枚の絵の行方は分かっているのかね」

「七枚の行方は分かっています。さっきも言いましたが、師匠は自分の絵には無頓着で、描き上げた絵を気に入った相手には無造作に差し上げたりされていました。それが七枚。この絵については、数日まえから私が持ち主さんを訪ねて、絵の確認と同時に、大切に保管してくださるようお願いしてまわっています。どなたも気持ちよく同意して下さいました」

「それは大変だったな」

「いまの私にできることといえば、遺された師匠の絵を大切に後世へ残すことしかありませんから」

　春月は殊勝に言った。

「すると行く先の分からない絵が、まだ一つあるわけだな」

「はい、切りきざまれた絵は、私と酔月が欠片を集めて四枚と見当をつけたのですが、事件当時、仕事場に師匠の絵は五枚あったような気がするのです。ただこれは私の記憶の話で、確実とは言えないのですが」

「もし下手人が、抱月さんへの憎しみから絵を切りきざんだのだとしたら、一枚残らず処分しただろう」

「途中で気が変わったのではないでしょうか。師匠の絵はかなり高い評価を受けていて、売れば半端な値ではありません。それに気づいて金にしてやろうと、下手人は一枚だけ持ち去ったのではないかと、私は考えているのです」

「………」

「ともうしあげても、もしかしたら私の思い違いかもしれません。でも疑問はそのままにしておけません。とにかく自分が納得できるまで、心当たりを探してみるつもりです」

春月の執念に、師匠抱月への強い敬慕《けいぼ》の念が感じられて、誠四郎は頭の下がる思いがした。

「ところでこのさき、身の振り方ははどうするつもりなんだね」

誠四郎が聞くと、

「もう絵の道はあきらめようかと考えています」

春月は応《こた》えた。

「それはまた思い切った……」

「私も酔月も何枚か絵を描き上げていますが、正直、見比べてはるかに酔月の方が師匠の領域に近い。だから師匠の跡継ぎは酔月に任せて、私は気になっている一枚に始末をつけたら、身を引こうと思っています」

「酔月さんはそれを承知しているのかね」

「彼も絵を止《や》めると言ってます。でも技量が上の彼が師匠のあとを継ぐべきなんです。だから翻意《ほんい》するよう口説いてる最中《さいちゅう》なんです」

「そうか。このあと酔月さんにも逢っておきたいと思っているんだが」

「できればしばらくそっとしといてやってくれませんか。酔月は突然師匠を失った絶望と、絵を刻んだ鋏で嫌疑をかけられたことも手伝って、すごく落ち込んでいます。それも日を追ってひどくなっていくようで……私もしばらくは彼とは関《かか》わらないようにしているのです。刻《とき》が過ぎればすこしはましになるだろうと、じっとそれを待っています」

春月の言葉からは弟弟子に寄せた思いの丈《たけ》が、ひしひしと感じられた。

表に出てから誠四郎は、春月の願いを受け入れて酔月に逢うのは止そうかとも考えたが、せっかくきたのだから様子だけは見ておこうと思いを変えた。

酔月の家は大雲寺《だいうんじ》の裏塀沿いにあった。外観はせいぜい二間ほどの小さな一戸建てである。

表戸を引くと抵抗なく開いた。とたんに猛烈な酒の匂いがした。手前の座敷の壁にもたれた酔月が見えた。茶碗《ちゃわん》の酒を手にしたその様子は、魂の抜けた人形そのものだった。憔悴《しょうすい》しきったすがたに、突然人生の道筋を断たれた人間の絶望が見えた。

誠四郎はさすがに声をかけかねて、そっと戸をもどすと、やや陽の傾きだした田圃《たんぼ》の道を、横川《よこかわ》に向かって歩き出した。

四

誠四郎が春月と酔月から受けた衝撃は大きかった。

一人は抱月の遺品の処理を片づけると、ここまで歩いてきた絵師への道をあきらめるという。一人は抱月の死の絶望から立ち上がれないでいる。一人の絵師の死が、二人の若者から人生を奪おうとしているのだ。

そんなことを考えながら、誠四郎が横川にかかる業平橋《なりひらばし》まできたとき、川沿いの柳の木の陰から、ひょいと伊之助がすがたを見せた。

「お帰りなさい。お待ちしていました」

「どうして伊之助がここに？」

驚いた誠四郎が問い返すと、

「いろいろあって、押上村まで足を運んできました。ここで待ってれば、旦那に逢えるんじゃないかと思いましてね。わけは歩きながら話します」

伊之助はそう応えると、妙縁寺《みょうえんじ》に向かう道を先に立って歩き出した。

「まず報告ですが、凶器に使ったしごき紐、下手人が買ったと思われる店が、いちおうは見つかりました。三軒町《さんげんちょう》の『つたや』という小間物屋です」

「なにか意味ありげだな」

「買ったのが七、八歳くらいの女の子だったというのです。買い手が子供というのはおかしいでしょう」

「たしかに幼女としごき紐とは結びつかないな」

「しかも買っていったのが、抱月が殺された前日だというのです」

「下手人が子供を使って買わせた公算《こうさん》が高いな」

「店主もはじめて見る顔だと言ってますから、どこか遠くから下手人が連れてきた子供のようです。そうなるとちょっと探すのが大変……まあ暇を見てやってみますが」

「よろしく頼む」

「つぎに画材を納める店を二軒あたってみました。ここでは抱月を悪く言うものはいませんでした。画材を納めに行くとお茶をだして労をねぎらってくれたし、ときには茶菓子がでることもあったそうです。絵師にあれほど気配りのできる人はいないだろうと、どっちの店も口をそろえてました」

「そうか」

「日暮里の胡蝶も訪ねたんですが、留守で逢えませんでした。暇ができたので思いついて押上村にも行って、抱月と親しくしていたものを探して話を聞いてきました。好運というほかはないのですが、たまたま逢った村人が抱月のことをよく知っていましてね。絵のほかに碁《ご》が趣味だったと教えてくれました。おまけに三人の碁敵の名前、住居《すまい》を教えてくれたんで、さっそく逢ってきましたが、悪く言うものは一人もいませんでした。その中の一人など、子供が急に熱を出して大騒ぎしていると、抱月が子供を背負って吾妻橋向こうの医者まで運んでくれたというのです。あの親切は一生忘れないと、聞いた相手は涙ぐんでいました」

「抱月というのはかなりできた人物らしいな」

「そうですね。それに彼は大の子供好きだったようです。絵を描くのに疲れると、表にでてきてよく子供と遊んでいたといいます。子供の好きな人に悪人はいない。聞いた一人はそう言いました。人づき合いがほとんどないというので、相当な偏屈人《へんくつじん》かと思っていたんですが、気配りができた人だと言いますから、人とのつきあいを広げると、かえってくたびれるので、意識して避けていたんじゃないでしょうか」

「いい話を聞きだしてきてくれた。おかげで抱月という人物像が、かなりはっきり見えてきた」

「じゃああっしはこれで……」

報告を終わって背を向けようとした伊之助を、誠四郎は止めた。

「水谷町で待っていてくれないか。私は奉行所にもどって後片付けをすませてからすぐ追いかける。父上に今日の報告をする約束になっているのだ」

片付けをすませ、誠四郎が父の隠居屋にやってくると、表に伊之助が寒そうに着物の襟に首をすっこめて立っていた。陽が落ちて、冷え込みは厳しくなっている。

「どうした、内部《なか》で待ってくれてればいいのに」

「ちょっと覗《のぞ》いたんですが、大旦那《おおだんな》、かなりくたびれられてる様子なんで、わずらわしてはいけないかと……」

「いまさらおかしな遠慮をする間柄でもあるまいに。とにかく中に入ろう。寒くていかん」

座敷に入ると伊之助の言うとおり、祥兵衛はくたびれた様子で壁にだらしなくもたれていた。

「お疲れの様子ですね」

誠四郎が言うと、

「くたびれた」

祥兵衛はめずらしく弱音を吐いた。そのまえにすわると誠四郎は、

「大隅先生のところで、抱月の絵をごらんになりましたか」

「ああ、見てきた」

「私も春月から見せてもらいましたが、身が震えるほど感動しました。絵を見てあんな気持ちになったのははじめてです」

誠四郎が言うのを聞いて、祥兵衛はにわかに背筋を伸ばすと、きちんとすわり直した。

「わしもそうだ。見せてもらったのは鴛鴦《おしどり》の絵だった。川面《かわも》に張り出した柳の下をつがいの鴛鴦が泳いでいるという構図だが、筆遣いの緻密さと色彩の豊かさにはただただ感動した。あれほどの絵描きはちょっと他にはいないだろうな。それを思うと絵を切りきざんだ下手人が、ますます許せない気持ちになった」

「絵に感動してくたびれたのですか」

いつにない祥兵衛の疲労ぶりが気になって、誠四郎は聞いた。

「芝口の大隅先生の家をでてからが問題なんだ。金沢町にまわって妻《さい》に『浜屋』の鰻を食わせたんだが、それが失敗だった。鰻を食ったとたん急に元気になってな。その

あと神田大明《かんだだいみょうじん》神から湯島天神《ゆしまてんじん》、不忍《しのばず》の弁財天《べんざいてん》と引きずりまわされてこのありさまだ」

「で、母上はどうされているんですか」

「くたびれたと言って、隣の部屋でよくお休みだ。わしはお前が報告にくるという話だったので、疲れを我慢してこうして待っていた」

「それはご苦労さまでした」

誠四郎がいったとき、春霞が甘酒を運んできた。

「寒かったでしょう。これでも飲んで暖まって下さい」

夕餉の用意にきていて、誠四郎や伊之助の来訪に気づいたのだろう。調理のあいだを見て作ってくれた甘酒のようだ。

いちばん感動したのは伊之助で、さっそく湯飲みを取り上げると、ふうふう言いながら一口すすり、

「うまい。この時節温かいものがいちばんごちそうです。ありがたくて涙がでます」

似合わないお世辞を聞き流し、春霞は笑顔だけを残して出ていった。

誠四郎も甘酒の湯飲みを取り上げて手のひらにのせ、手指を温めながら、今日得てきた報告をした。

「なるほど、村野与力が手を上げた気持ち、分からんではないな」

祥兵衛も甘酒を腹に流し込みながら言った。

「下手人の見当として、身内説と他人説がありました。まず身内説ですが、一番弟子の春月は抱月の遺品の片付けが終わったら、絵師の道を捨てる覚悟のようです」

「ああそうだった。その春月とかいう抱月の弟子、大隅先生のところにもきたそうだ。師匠の遺品ですからどうか大切に保存願いますとなんべんも頭を下げて帰ったという。その率直《そっちょく》な態度には心打たれるものがあったと、先生はしきりに誉《ほ》めておられた」

「私もおなじ印象を持ちました。ところでもう一人の弟子の酔月ですが、彼はまるで死人《しびと》です。この二人、抱月の死で失ったものは大きいが、得るものはなにもない。だから身内説は成立しません。だが他人説だって、伊之助の報告を聞くと、疑わしい人物は浮かんでこないのです。つまり身内説も他人説も成り立たないというわけです」

「下手人が消えてしまったわけか。するとこのさき、どう調べを進めるかが問題だな」

「振り出しからやり直すしかありません。絵を切りきざんだことから、下手人は絵の関係人《かんけいにん》に間違いありません。例えば抱月がいなくなれば、自分が一番手に立てる人物。そういう人物がやっかみから抱月に手をかけ、彼の絵を切り捨てたのではないでしょうか。日暮里に薄田胡蝶という絵描きがいるそうです。あいにく留守で伊之助は逢えませんでしたが、明日にでも私が出向いて、そのへんの話を聞かせてもらおうかと考えています」

「その二番手の一番手へのやっかみ説だが、もしそれが殺しの動機なら、憎んであまりある抱月の絵を切りきざんだ心境は分からないでもない。しかしそこまでするなら居室の絵になぜ手をつけなかったのだろう。そこに絵があることを知らなかったとしても、仕事部屋に置かれていた絵ですべてとは思わなかっただろう。だったら家探《やさが》ししたはずだ。だがその痕跡《こんせき》がない、そこがなんとも気に入らんな」

「そうですね。たしかに気にはなります」

「それにもし抱月に恨みを持つもののしわざなら、殺せば目的が果たせる。絵まで手をだすことはない。どうも分かりにくい構図だ」

五

翌日の昼前、誠四郎は日暮里に薄田胡蝶を訪ねた。このあたり草深い田舎である。見渡すかぎり一面の田圃と、点在する百姓家だけの風景だ。田圃は刈り入れまえの黄金色一色から、いまは切り株だけを残した茶褐色一色に色変わりしている。

胡蝶宅は古びた寺院と背中合わせに建つ、小さいがしゃれた作りの家だった。表に立つと手に取れる近さに、紅葉にいろどられた道灌山《どうかんやま》の杜《もり》が見えた。

誠四郎はすぐ奥座敷へと通された。

「お寒いのにこんな鄙《ひな》びた田舎へようこそ」

胡蝶は絵描きというより商人風の物腰で誠四郎を迎えた。

雇いらしい小娘がお茶と手あぶりを運んできて去ると、

「なかなかいいお住まいですね」

誠四郎が言った。

「なあに、ここは大家《たいけ》の隠居が妾《めかけ》のために建ててやった家で、空き家になったのを私が借りています。いまの程度の稼ぎではとても自分の家は持てませんからね」

胡蝶はそんな冗談口を飛ばし、「どうぞ」とお茶をすすめると、

「で、御用はなんでしょうか」

「じつはこのたび、杉田抱月の事件を肩代わりすることになって、あらためて関係人の話をお聞きしてまわっているのです」

「あの下手人、まだ捕まっていないそうですね。私でお役に立つならなんでもお話ししますよ」

そこで誠四郎はまず、絵師仲間のやっかみによる殺しではないかという想定への、胡蝶の意見を聞いてみた。

聞いて胡蝶は大きく首を振ると、

「二番手が一番手の抱月さんをやっかんで手にかけた、そういうことは考えられませんね」

ごくあっさりと否定した。

「違いますか」

誠四郎は肩すかしを食った気持ちになった。

「絵には狩野派《かのうは》や琳派《りんぱ》、土佐派《とさは》などの流派があります。そういう世界の中でなら、上に立とうとしての勢力争いはあるでしょう。しかし私たちのような独り立ちで絵を描いているものには、それぞれ独自の世界を持っていますから、あいつを殺せば自分が優位に立てるといったたぐいの争いごとは存在しません。まして抱月さんの場合、他《た》に真似《まね》できない世界をお持ちですから、競争相手などいなかったのではないでしょうか」

「抱月さんを殺せば優位に立てるという、殺人動機は成り立ちませんか」

「あり得ませんね」

胡蝶ははっきりと断定したが、

「ただ絵は売り買いされます。それで私たちは生計《たつき》を立てているのですが、いい絵だと高値《たかね》がつきます。だから中にはあいつを殺せば、自分の絵に高値がつくと、そういうさもしい了見で相手を手にかけるものがいないとは言えません。でも聞くところ抱月さんの実家は身代持ちで、暮らし向きにはなんの不自由もないから、自分の絵を売りには出されなかったそうです。売り買いされないのですから、金銭に関わる争いごとは起こり得ません」

「すると抱月さんの絵には、値がつかないというわけですか」

「いいえ逆です。抱月さんの絵の評価はかなり高い。欲しがっている人は多くいます。ところが絵が外に出てこない。だからあの人の絵には、おそらく常識では考えられないほどの値がついているはずです」

「………」

「私が知るかぎりでは、抱月さんの絵をお持ちなのは、みんな抱月さんから譲られた方だそうです。その人たちのところに画商が殺到しているそうですが、誰も手放そうとはされない。みんな抱月さんの絵の価値を十分認識されてるのでしょうね」

「昨日春月さんに逢ってきたんですが、行方の分からない絵がまだ一枚あるかもしれないという話でした」

「行方の分からない絵があるというのですか。ちょっと信じられませんね。と言うのもさっきも申し上げたように、抱月さんの絵にはとびきりの値がつきます。もし誰かが売る目的で隠し持っているのだとしたら、かならず売り買いの場にでてきますよ」

「なるほど言われてみればそうですね」

誠四郎が感心したように言うと、胡蝶は、

「でもいま申し上げたのは、絵描きという立場から見た意見です。だから他人の立場で判断できる方をご紹介しましょう。下谷《したや》にお住まいの森崎佐兵衛《もりさきさへえ》とおっしゃる画商です。この方は金儲《かねもう》けで絵を扱っておられるのではなく、絵が好きで仕事をされてます。きっと役に立つ話が聞けると思いますよ」

教えられた森崎佐兵衛の住居は、下谷広小路《したやひろこうじ》から辻《つじ》を二つばかり入ったところにあった。ごく普通のしもた屋である。

佐兵衛は初老のでっぷりと肥えた、仏像の慈顔《じがん》を思わせる風貌を持つ人物だった。

案内されて簡素だが上品に造られた客間にすわると、すぐに女中がお茶を運んできた。

「ところでどういうお訊《たず》ねでしょうか」

女中が去るのを待って、佐兵衛は聞いてきた。

誠四郎は胡蝶から聞いた話をかいつまんで話した。黙って聞いていた佐兵衛は聞き終わると、

「胡蝶さんの話に、私としては、訂正するところも付け加えるところもありません」

と答えた。

「抱月さんの絵には、かなりの高値がついていると聞いたんですが」

「おっしゃるとおりです。画商ならだれでも手がけてみたいと思っているんじゃないでしょうか。だがなんせ絵のほとんどがわれわれのところに出てこない。これでは売り買いが成り立ちません」

「弟子の春月さんの話では、行方の分からない絵が一枚あるというのです」

「それなら私も聞いてます。その噂《うわさ》が噂を呼んだのでしょう。海辺《うみべ》大工《だいく》町《ちょう》の清助《せいすけ》という人が、その絵を持っているというのです。それでさっそく私も足を運びました」

「…………」

「だが値をつり上げるためか、色よい返事はしてくれません。それはまあ予想どおりなのですが、交渉に入るまえに抱月さんの絵を拝見したいと言ったのです。ところが彼、売り買いが成立するまでは見せられないとの一点張りで」

「すると実物は見ておられない？」

「見ておりません。逢ってみて分かったんですが、清助というのはまったく誠意の感じられない人だったので、すぐ取引は諦《あきら》めました。これは無責任な噂だと思うんですが、彼は盗みで暮らしを立てているらしくて、もしかして抱月さんの絵も、盗みだしたもんじゃないかと……ところがその清助が死にましてね、抱月さんの絵を持っていなかったことが分かりました」

「清助は死んだのですか」

「五日ほどまえになりますか。酒に酔って小名木川《おなぎがわ》に落ちて溺死したと聞きました。先《せん》だって大雨の降った日があったでしょう。あの翌日です。小名木川は増水していた。酔っていたことに加えて、増水が清助の命取りになったようです。町役人が身元確認に遺品を調べたところ、絵など見つからなかったというのです」

「すると清助は、持ってもいないものを売ろうとしていた？」

「そういうことになりますね」

誠四郎はぬるくなった湯飲みを取り上げ、あらためて部屋を見まわしてみた。寒々とした冬の月と渡り行く雁《かり》を配した掛け軸と、一輪飾りの椿《つばき》を活《い》けた床の間があるだけの、簡素な客室である。

「絵を商いにされているると聞いたのですが、この部屋には飾られてはないのですね」

客間なら商売用の絵が一つや二つ飾られていて当然だと思い、誠四郎は聞いた。

「絵ならべつの場所を借りておいてます。なんせこの家は誰でも出入り自由で、それこそ盗みに入られては困りますのでね」

佐兵衛は軽い笑い声とともに言った。

「ところで清助が持ってもいない絵を売ろうとした件ですが、持ってはいたが、すでに人手に渡っていたということは考えられませんか」

「本当かどうかは分かりませんが、日本橋の呉服問屋『菱屋《ひしや》』のご隠居の治兵衛《じへえ》さんが、抱月さんの絵を持っておられるという噂は耳にしました。それが清助から流れた一枚かもしれません。一度お逢いして真偽を聞いてみたいと思っていたのですが、この方も急にお亡くなりになって果たせませんでした」

「亡くなった？」

「治兵衛さんの隠居屋は飛鳥山《あすかやま》のふもとにありましてね。日課のように王子稲荷《おうじいなり》に参られていました。以前重病に罹《かか》ったとき、祈願してよくなったことからお礼参りを欠かされなかったとか。それが五日前、石段から足を踏み外して転落死されたと聞きました」

「清助と菱屋の隠居が相次いでなくなったのですね。それもお話のとおりならどちらもおなじ日に？」

「そうなりますね。あ、そうそう、このとき治兵衛さんの遺品の中にも、抱月さんの絵は見当たらなかったそうです。どうも治兵衛さんが持っているという噂もでたらめだったみたいです」

佐兵衛の淡々とした話の中に、誠四郎は大きな発見を見たと思った。

抱月の絵と関係があったらしき二人が、そろって死んでいる。清助は酔って川に転落。菱屋の隠居は石段から足を踏み外しての転落死だ。どちらも何者かに突き落とされたという疑惑が残るできごとである。もしその二人が、抱月の絵を持っていたために殺されたとしたら、事件の様相はかなり違ってくるのだ。

六

翌日、いつもの朝のご機嫌うかがいに、父祥兵衛の隠居屋に出向いたとき、誠四郎は昨日の聞き込みと、自分の推理を話してみた。

「抱月の絵を持っていると噂のあった二人が、相次いで死んだというのか」

子供たちの凧《たこ》作りの準備に、竹ひごを削っていた祥兵衛は、手を止めて誠四郎に向き直った。

「しかもその二人、殺されたのかもしれないというのだな」

「そうです。死んだ二人の遺品から抱月の絵は見つからなかった。どちらかが持っていたとしたら、下手人が持ち去ったということになります」

「なるほど筋は通るな。春月は行方の分からなくなった抱月の絵が一枚あると言った。そしてその一枚は絵を切りきざんだ下手人が、金にしようと持ち去ったのかも知れないと……すると抱月を殺した下手人は清助ということになる」

「それはないでしょう。だいいち抱月の絵を切りきざんだ下手人が、思い止《とど》まって一枚だけ持ち去ったという考えには無理があります。持ち去るなら全部持ち去ったはずですから。もし清助が抱月を殺した下手人ならそうしたでしょう。もし清助が抱月の絵を持っていたとしたら、こっそり仕事場に忍び込んで盗み出したと見た方が自然ではありませんか」

「そうだな。春月は仕事場には絵が五枚あったように思うと言っている。すると事件が起こるまえに、清助がこっそり忍び込んで一枚盗みだしていった。だから抱月殺しの現場には切り裂かれた四枚が残っていた。そう考えた方が推理としては自然だな」

「私もそう考えました。清助は抱月の仕事部屋から絵を一枚盗み出した、そしてそれを菱屋の隠居に売りつけたんです」

「するとその殺された二人の身辺を探ってみれば、なにかでてくるかも知れないな」

「そう思ってさっそく伊之助と手分けして、二人が事故に遭ったときの状況を調べてみようと思っています」

「報告を楽しみにしている」

朝飯もそこそこに誠四郎は役宅を飛びだした。ちょうどやってきた伊之助には菱屋治兵衛の聞き込みに走ってもらい、誠四郎は清助の調べに当たることにした。

訪ねたのは福永橋《ふくながばし》に近い海辺大工町の裏店《うらだな》だった。ここに清助の住居がある。うまい具合に洗い物や洗濯で、井戸端は裏店の女房たちの会議場《かいぎば》になっていた。

清助の評判はいたって悪かった。ほとんど近所づきあいのない男らしく、挨拶もろくにかわさなかったようだ。会議場の女房連で清助をよく言うものは一人もいなかった。彼の死を嘆《たん》じるどころか、中にはあの男は盗みを稼業にしていたらしいから、天罰が下りたんだと言いだす女房までいた。

誠四郎は清助が親しくしていたもの、あるいは最近清助を訪ねてきたものはいなかったかとも聞いてみたが、そんな相手は皆無だという返事だった。

「だれからも嫌われてるんだよ。あんな男に仲間なんかいやしない。犬猫だって近寄らないんだから」

とにかく散々だった。

扇橋《おうぎばし》のたもとに『よしや』という飲み屋がある。そこが清助の巣だったと聞いて、誠四郎はそっちに足を向けた。

「あそこはよそよりも安く飲ませて食わせるというからね。そのかわり酒も料理もまずいと評判だよ。だからこのあたりではあまり使う人がいない。でも清助はあの店のごひいきさんだったよ」

女房の一人が憎々しげな口ぶりで教えてくれたのだ。

なるほど『よしや』は安いだけが取り柄らしい、狭くて汚い店だった。朝のまだ早い時期だから当然店は閉まっている。裏口にまわって、やっと寝ぼけ眼《まなこ》の親父《おやじ》をつかまえた。

親父は清助をよく覚えていた。川に落ちた日もここで飲んでの帰りだったという。

亭主は馴染《なじ》みの客の死に、特別な感慨も見せず、

「川に落ちるほど飲んでなかったと思うよ。だいたいあの人は毎日きてはくれるが、酒一合と目刺し二匹がお決まりで、それ以上飲みも食いもしない。あの程度じゃ足も

とが覚束《おぼつか》なくなったりしないよ」

吐いて捨てるように言った。清助は常連でありながら、ここでも好かれてはいなかったらしい。

誠四郎はその足を奉行所ではなく、水谷町の隠居屋に向けた。「報告を楽しみにしている」と言った父の言葉が耳に残っている。そのひと言に事件に向けた父の、ひとかたならぬ熱意のようなものが感じられたのだ。

祥兵衛は朝とおなじ姿勢で竹ひご作りに集中していた。冬のさなかにしては暖かい一日である。縁側にすわっても苦にならなかった。

「ただいまもどりました」

誠四郎が縁に腰を下ろすのと同時に、まるで申し合わせたように伊之助も顔を見せた。報告をここに持ってくるように、誠四郎が指示しておいたのだ。

「とにかく聞かせてもらおうか」

制作中の竹ひごを脇におくと祥兵衛は言った。

まず誠四郎が調べた結果を報告した。黙って聞いていた祥兵衛は、

「清助は川に落ちるほど酔っていなかったと言うんだな」

「そうです」

「ふむ。で、伊之助の方はどうだった」

話を伊之助に振った。

「へえ、あの日の夕方近く、菱屋治兵衛は王子稲荷にお参りにでかけてます。参拝を終えた治兵衛と、拝殿のまえですれ違い挨拶したという顔なじみが見つかりましてね。その人の話だと、治兵衛とすれ違って拝殿に立ってしばらくして、『なにをする！』という治兵衛の叫び声が聞こえたというんです」

「菱屋の隠居は『なにをする！』と叫んだのか」

「そうです。声に驚いてその人は振り返って見たが、治兵衛のすがたは見えなかった。そこで声の聞こえたあたりに駆けつけてみると、石段から転落した治兵衛のすがたが見えたというのです」

「その人、下手人らしき人物のすがたは見ていないのか」

「見ていません。あとであっしも現場をたしかめてきましたが、その人がいた拝殿の隅からは、石段のあたりは見通しがききにくくなっていました」

聞き終わってしばらく、祥兵衛は腕組みして考え込んでいたが、

「一人は川に転落するほど酔っていなかった。もう一人は『なにをする！』と叫んでいる。二人が何者かに襲われたことは十分に想像できる。おそらく殺しの動機は抱月

の絵を奪うことだろう」

「でも抱月の絵が、すでに清助から菱屋の隠居に渡っていたとしたら、清助まで手にかけることはないのではありませんか」

「そこだ。もしかして下手人の殺害動機は、絵を持っていたことではなくて、絵を見たことにあるのかも知れないな」

「持っていたからではなくて、見たから殺されたと？」

誠四郎は理解不能な顔つきになった。

「わしの推理を聞かせるまえに、だめ押しにもうひとつ調べてもらいたいことがある」

「なにを調べればいいんです？」

「抱月が殺された現場の切りきざまれた絵だ。切れ端でも残っていないだろうか。それにしてもずいぶん日にちが経《た》ちすぎている。無理かもしれんが」

「必要ならだめもとでやってみましょう」

「なんとか頼む。ここが事件の真相を解く大きな手がかりになる。それから伊之助への頼みだが」

祥兵衛は伊之助に向き直ると、

「おまえ、抱月の碁敵と逢ったと言ってたな」

「へえ」

「ひとっ走り行って、死ぬまえの抱月の様子に、それまでと変わったところはなかったかを聞きだしてきてくれないか」

「分かりました」

勢いよく立ち上がる伊之助と誠四郎に向かって、

「吉報を待ってる」

祥兵衛は言った。

七

隠居宅を出ると誠四郎は並木町の『あきの』に向かった。岡っ引きの源太に逢うためである。うまい具合に源太は店にいた。

「例の調べ、その後進んでいましょうか」

気になっているとみえて、源太は開口一番に聞いてきた。

「かなり進んでいる。安心してくれ」

「それはなによりで……」

とは言ったものの、自分の手にあぐねた事件の糸口を、誠四郎がみつけたらしい言い方に、源太は複雑な表情を見せた。

「ところで今日の用件だが、事件現場に切りきざまれて散らばっていた絵なんだ。切れ端でも残っていないかと思ってな」

「絵の切れ端ですか……」

「ずいぶん日にちが経っているからな。無理を承知の話なんだが」

「その絵の切れ端でしたら、弟子の春月が片づけると言うのを、沼田同心は証拠品だから、念のため取っておくようにとおっしゃいましてね。ひとまとめに布の袋に入れここで預かっていました」

「捨てずに残っていたか」

誠四郎が思わず喜色を浮かべたとき、

「事件を手放すことになったとき、同心から捨てるようにと指示されて、処分しました」

喜びのあとだけに落胆が大きく、誠四郎はいきなり崖《がけ》から突き落とされた心境になった。

（それにしても、事件をこちらに譲り渡したとき、証拠品も引き継ぐのが常識だろう）

それをしなかった沼田同心のやり方に肚《はら》は立ったが、それに気づかなかった自分の迂闊《うかつ》さにもっと肚が立った。

「処分したさきはどこだ？」

誠四郎は未練がましく聞いた。

「店の残飯などを処理してくれる業者に頼んで、いっしょに始末してもらいました」

「業者のところに行けば、切れ端でも残ってはいないかな」

「無理でしょう。向こうはすべて埋めるようですから、なにも残っちゃいませんよ」

絶望的な返事が返ってきた。

「万が一、埋め忘れているとか……」

そういう僥倖《ぎょうこう》は万が一にもないと分かりつつ、誠四郎は未練を捨てきれなかった。

「その絵、そんなに大事なものなんですか」

問われて誠四郎は返事に困ってしまった。父から言われて動いているのだが、理由を聞いていないから、絵の持つ重要性についてはまったく理解できていないのだ。

だがそうは言えないから、

「そうだ。事件を解く重要な手がかりなんだ」

必要以上に力を入れて応えた。

「絵の切れ端でもいいんですね」

「いいんだ」

「ちょっと待って下さい。問題の絵を詰めてあった袋ですが、切れ端ぐらいなら残っているかもしれません」

源太はそう言うと立っていった。

そこまで僥倖に期待できないと分かりつつ、誠四郎はなんとか見つかってくれと、神さまに願う気持ちで待った。

神さまはいた。四半刻《しはんとき》(約三十分)とはかからず源太はもどってくると、

「こんなものが袋の縫い目に引っかかって残っていましたが、役に立つでしょうか」

一寸(約三・〇三センチメートル)の半分にも満たない絵絹の切れ端を、手に乗せて見せた。木の葉と草の一部が鮮やかな色合いで残る切れ端だった。

「厄介をかけた。おかげで助かった」

礼を言って腰をあげた誠四郎だが、こんな一欠片《ひとかけら》の絵がどう役に立つのか、まったく予想もつかなかった。

誠四郎が水谷町の隠居屋のもどり着いたのは、昼をすこし過ぎた頃である。さきに帰った伊之助が日だまりの縁先で蕎麦《そば》を食べていた。

「お先にいただいてます」

誠四郎を見て伊之助は言った。

誠四郎が縁に腰を下ろすのを待っていたように、春霞が蕎麦と蕗《ふき》の煮物を運んできた。

「蕎麦は足りなければ、いくらでもお代わりしてください」

言い残して春霞は台所に消えた。

「この時刻だから、蕎麦は母上の手作りかと思いましたが」

誠四郎は蕎麦をすすりながら言った。

「お前の母上は昼飯をすませたあと、あの通りだ。動こうともせん」

祥兵衛が顎《あご》で指した部屋の隅で、紫乃は腹ばいになって草紙本を読んでいる。いつもの見慣れた風景だった。

「仕方ないからおまえと伊之助の昼は、春霞さんに頼んで作ってもらったんだ」

それを聞いて誠四郎は、座敷の方に身体《からだ》を向けると、

「母上、食べてすぐ寝ると牛になりますよ」

冗談交じりに言った。

「牛になれば厄介な家事から解放されるので、大歓迎です」

「あれだ」

祥兵衛は呆れたように言うと、誠四郎に、

「で、成果はあったか」

急《せ》き込むように聞いた。

「そうでした。つい蕎麦に目がくらんで、出し忘れていました」

誠四郎は持ち帰った絵の切れ端を、祥兵衛の手のひらに乗せた。

「こんなものですが、役に立つでしょうか」

祥兵衛はしばらく目を細めて切れ端をにらんでいたが、

「なんとか役に立ってくれそうだ。それにしてもこんな切れ端、よく残っていたな」

「切れ端を詰めてあった袋の縫い目に、引っかかって残っていたそうです」

「好運だった」

祥兵衛は絵絹の切れ端を懐紙《かいし》で包むと、大切そうに袂《たもと》に入れた。

誠四郎は蕎麦にもどると、伊之助に顔を向けた。

「そっちはどうだった？」

聞かれて伊之助は、あわてて残りの蕎麦を飲み込み、汁《つゆ》をすすると、誠四郎に向き直った。

「大旦那にはお話しはしたんですが、三人の抱月の碁敵に逢って生前の様子を聞いたところ、三人は口をそろえるように、死ぬ二、三ヶ月まえころから、抱月はどこかおかしかったと言ったのです」

「おかしかった？」

「素人でもやらないような悪手《あくしゅ》を、平気で打つようになったそうです。注意してもいっこうに要領の得ない顔で、自分がなにをやったか、ほとんど自覚がなかったようだったと……」

「つまり普通の判断ができなくなっていた？」

誠四郎が考え込むのを見て、祥兵衛が口をはさんだ。

「おそらく呆《ぼ》けがはじまっていたんだろう。ほぼわしの推測どおりだった」

「待って下さい。抱月に呆けがはじまったのと、今度の事件はどうつながるのです？」

「それを話すまえに、もうひとつ確かめねばならないことがある。おそらくわしの見立てに間違いはないと思うが……」

そう言って祥兵衛は立ち上がると、

「出かけるぞ」

草紙本に夢中の紫乃に言った。

「どこへおでかけですか」

「大隅先生のところだ」

「またですか。このところ大隅先生ばかりで……」

「ついてこいとは言わん」

「言われても行きません。家でおとなしく留守番をしています」

「それがいちばんだ。だれにも迷惑がかからなくていい」

言いながら一人で身支度を調えた祥兵衛は、玄関に向かいかけてから誠四郎と伊之助を振り向いた。

「今日の六つ（午後六時）頃、米沢町《よねざわちょう》の『張半《はりはん》』で待て。今回の事件ではわしはなにもせず、二人にはいろいろ負担をかけた。謎解《なぞと》きと慰労をかねてぼたん鍋をごちそうする」

するとすかさず紫乃が、

「ぼたん鍋なら私もごいっしょします」

「だめだ。今夜は家でおとなしく留守番をしときなさい」

言い捨てると玄関にすがたを消した。

祥兵衛が芝口に大隅大膳《だいぜん》を訪ねたのは、陽が陰ってすこし寒さがもどってきた頃おいだった。

大隅は珍しく患者の診察をしていた。患者は五十過ぎの女だった。医者だがこの家には診察室がない。居室の一部をそれに当てている。

祥兵衛は挨拶だけを残して、隣の部屋で待った。

「血の道がなくなると、いま言ったような症状はよく起きる。病気ではないからすぐには治らん。あとで薬を届けてやるから、それを飲んで気長に治すことだ」

そんな声が隣の部屋まで聞こえてきて、患者を送り出した大隅は長火鉢の向こうにどかりとすわり込んだ。

「今日はなんの用だ。どうせろくな相談ではあるまいが」

挨拶代わりの憎まれ口をきいて、大隅は手際よくお茶を淹《い》れた。

「抱月の絵について、ぜひお聞きしたいことがありましてね」

「それならなんでも聞いてくれ。鴛鴦《おしどり》の絵を手に入れてから、抱月についてはかなり勉強した」

湯飲みをひとつ祥兵衛のまえに置き、もうひとつを取り上げてうまそうに一口啜《すす》ると、

「そもそも抱月の絵の特徴は……」

と大隅が言いだすのを、

「抱月の絵の講釈は、このまえきたときに十分お聞きしました」

と制しておいて、祥兵衛は袂から懐紙につつんだ絵絹の切れ端を取りだしてきた。

「これが抱月の絵の一部かどうか、ご鑑定いただきたいんです」

大隅は吹けば飛ぶような絵絹を見て、

「無茶言うな。こんな切れっ端では、玄人《くろうと》でも鑑定などできん」

「切れっ端ですが、木の葉が一枚と、草の一部が描き込まれています。これが抱月の手になるものかどうか、先生のご意見を……」

「だから無理だと言ってるんだ。まともな絵を見比べても、真偽の鑑定はむずかしいのに、こんな切れ端ではどうにもならん」

「それができるのは大隅先生しかないと信じて、こうしてやってきたんです」

おだてが利いたのか、大隅は絵の切れ端を手に乗せて、しばらく凝視《ぎょうし》していたが、急に立ち上がると隣の部屋から天眼鏡《てんがんきょう》を持ってきた。これは大隅の医療器具のひとつ

である。

天眼鏡を手に、大隅は絵の切れ端をためつすがめつしていたが、

「どうもこの絵、抱月のものではなさそうだな」

そう言うと大隅は立っていき、押し入れから、大切にしまってある抱月の鴛鴦の絵を取りだしてきた。

「これを見てみろ。川辺に咲いている草花の葉と柳の葉だ。これと切れ端の絵の葉と草を比較してみれば、手の違いは一目瞭然《いちもくりようぜん》だ」

言われて祥兵衛は鴛鴦の絵を見、天眼鏡を受け取ると切れ端の絵と見比べてみた。

「違う！」

思わず祥兵衛は声をあげた。鴛鴦の方の草花の葉は、葉脈《ようみやく》が浮き出るほどくっきりと精密に塗りあげられてある。ところが切れ端の方は、葉脈どころか葉は緑一色にべったりと塗られていて、しかもところどころ欠けやはみ出しがある。

全体を見ても鴛鴦の絵は、植物も動物も微妙な色合いで塗り上げられているのに、切れ端の方は単に色を塗っただけという感である。

「先生、これは別人の手になるものでしょうか」

「そうとしか言いようがないな」

「しかしこの切れ端は、殺された抱月の部屋で見つかったものなんです。下手人がわざわざ他人の絵を持ってきて、殺しの現場に散らかしておくでしょうか」

「それはあり得ないな。するとおなじ抱月が描いたものなのに、あまりにも出来が違うということは……」

「抱月に呆けがはじまっていて、それが理由とは考えられませんか」

「十分に考えられる。呆けがはじまると、昨日できていたことが今日できない。注意が散漫になって細かい作業が無理になる。この二つの絵の違いはそれが原因と考えられなくはないな」

そのあと大隅は痴呆《ちほう》の起こる構造を医学的に説明してくれたが、祥兵衛にはチンプンカンプンで、話半分に聞いて早々に辞した。

八

祥兵衛が『張半』に着いたとき、すでに誠四郎と伊之助は先着していた。すぐに奥の座敷に通される。部屋には鍋の用意が整って客を待っていた。祥兵衛が伊之助を走らせて手配しておいたのだ。

江戸には数少ないが、牛や馬、鹿《しか》、猪《いのしし》を食わせる店があって『ももんじ屋』と呼ばれた。ももんじとは獣のことである。

食べるのを避ける人も多かったが、滋養が高く身体にいいと、薬に見立てて食う人も多くいた。そういう人をあてこんで『ももんじ屋』は増えている。『張半』もその一軒だが、けっこう繁盛していた。

酒を注文し、三人はすぐに猪肉《ししにく》に食らいついた。すこし腹がふくれてきたところで、

「収穫はありましたか」

誠四郎が聞いた。

「あった。おかげで事件の解明はできた。まあ食いながら飲みながらゆっくり話すことにしよう」

祥兵衛は盃《さかずき》を口に運ぶと、やや姿勢をあらためるようにして言った。

「今度の事件を解く手がかりは、下手人によって切りきざまれた絵と、まったく手つかずで無事だった絵が存在したことだ。下手人はなぜ一部の絵を使い物にならなくしておいて、一部を手つかずで残したか。そこが分かればなんでもない事件なのだが、分からないものだからわしもかなり迷路にはまりこんでしまった」

誠四郎も伊之助も箸《はし》を止めて、祥兵衛の話を黙って聞いている。

「わしが大隅先生のところにでかけたのは、抱月の鴛鴦の絵を見せてもらうためだった」

そう言うと祥兵衛は、懐紙に包んだ絵の切れ端を袂から取りだして、誠四郎と伊之助のまえにおいた。

「この切れ端に残った木の葉や草の葉先の一部は、明らかにこれまでの抱月の絵と筆遣いが違っていた」

「すると破り捨てられた方は、抱月の絵ではなく偽物?」

誠四郎は信じられないという顔になった。

「わしも最初はそう思った。だが違った。どちらも抱月の手になる絵だったんだ。だいいち抱月が殺された現場に散らばっていた絵が、他人のものであるはずがない」

「するとどうなるのです?」

「それを解くのが伊之助が仕入れてきた一説だ。三人の碁敵は最近になって抱月はおかしかったと言った。じつは抱月に呆けがはじまっていたんだ」

「……!」

「大隅先生によると呆けの症状は、昨日できていたことが今日できない。注意が散漫になって、細かい作業が無理になることに現れるそうだ」

「すると抱月はこれまでのような、繊細で緻密な絵が描けなくなっていた？」

「それですべてが解けるだろう。春月は師匠の絵を大切に桐の箱にしまっていた。つまり仕事場に置かれていたのは、抱月が最近描いた絵なんだ。それが切りきざまれた。清助が盗んでいったのもそのうちの一枚だろう。最近描かれた絵は切りきざまれたが、以前に描かれた絵は無事だった。下手人は最近の抱月の不出来な絵を、人の目から消してしまおうとしたんだ」

「………」

「抱月は自分の絵に執着せず、気に入った人には気さくにくれてやっていた。自分がおかしくなったと自覚のない抱月は、このままだとこのさきも絵を描きつづけ、それを人にくれてやって世間にばら撒《ま》かれる。それを怖《おそ》れた下手人は抱月を殺すことで、不出来な絵が創作されつづけるのを防いだんだ。言ってみればそれは鬼才と評価された抱月の絵を守ることであり、抱月をこよなく敬愛するものが、こころを鬼にして及んだ殺しだった」

「そこまでして抱月の絵を守ろうとした人物というと、春月か酔月……」

「わしは春月を下手人と見ている。酔月は抱月の死で腑《ふ》抜《ぬ》けのようになってしまって、なんの役にも立っていない。それにくらべ春月は抱月の絵の所在を調べ、きちんと保存されるようにお願いにまわっている。彼は抱月の不出来な作品を始末し、本来の絵を後世にきちんと残そうとしたんだ。そのためには抱月には死んでもらうしかなかった」

「しかし春月が下手人だとして、彼はなぜ清助や菱屋の隠居まで手にかけたのでしょうか。問題の絵を取りもどせばすむことでしょう。殺すことはなかった」

「まえにも言っただろう。二人は絵を持っていたことではなくて、絵を見たことで口をふさがれたんだと。おそらくその二人に絵の出来不出来を峻別《しゅんべつ》する力はないだろう。だが万が一彼らがその力を持っていた場合を春月は怖れた。彼らはその目で問題の絵を見ている。そこから絵の持つ秘密が漏れては困る。春月は安全の上に安全を見て二人を手にかけた」

「すべて抱月の絵の名誉を守るために、引き起こされた事件だったのですか」

「それがわしの到達した結論だ」

誠四郎は箸を握ったまま動かなくなった。おそらく父祥兵衛の推理は当たっているだろう。だとすれば春月の犯行に悪意が存在しない。だが同心という職業柄、春月を捕まえないわけにはいかない。それを思うと気持ちが重かった。

やがて誠四郎は重い口を開くと、

「明日にでも春月を奉行所に呼んで、取り調べることにしましょう」

と言ったとき、からりと隣の部屋との境の襖《ふすま》が開いた。

「もう話は終わりましたか」

言いながら顔を覗かせたのは紫乃であった。

「なんだ、あんたもきていたのか」

突然の顔出しに、さすがの祥兵衛も驚いた。

紫乃は敷居の際にきてすわると、

「滅多にお目にかかれないぼたん鍋です。私たちだけ置いてけぼりはないと思いましてね。春霞さんに相談すると、きっと伊之助がここへ手配に走ったはずだと教えてくれました。そこで私が『張半』さんに頼んで隣の部屋を用意してもらったんです」

あらためて見ると、隣の部屋にもぼたん鍋が用意できている。しかも鍋のまえに春霞のすがたまであった。

「お相伴《しょうばん》にあずかってます」

春霞は笑みを見せてこちらに頭を下げた。

「くるのを躊躇《ちゅうちょ》している春霞さんを連れだしたのは私です。だって伊之助の手配に気づいて教えてくれた功労者ですから」

紫乃は胸を張るようにして言った。

「ふだんは縦のものを横にもしないあんたが、ここまで足を運んで予約したとしたらまさに表彰ものだ。それにしても女二人の共謀とはな。恐れ入った」

祥兵衛がまったくお手上げという顔をするのを見て、紫乃は、

「そういうわけですから、ここの払い、よろしくお願いします」

ちゃっかり言って食べかけの鍋にもどった。

「どういうわけでわしが払いをしなければならんのかもうひとつ了解はできんが、こうなったら襖を取り外して、いっしょに食おう」

店のものを呼んで二部屋を一部屋にさせ、食卓を寄せ、あらためて食事の用意が整うと、場所を変えての恒例の谷岡家の夕餉の場になった。

やがてはじまった晩餐《ばんさん》の場で、いちばん生き生きとしているのは紫乃だった。いつものようにただ食べるだけではなく、それぞれの皿に鍋のものを取り分けてやったりして、鍋奉行を楽しんでいる。

それを見て祥兵衛は、なにか宴席を乗っ取られたような気がして、

「今日の会食は、苦労をかけた誠四郎と伊之助への慰労だ。あんたには関わりはないと思うんだがな」

愚痴っぽく言うと、

「なにをおっしゃいます。誠四郎の働きも、あなたの冴《さ》えた推理も、春霞さんと私という妻が陰から支えたからこそでしょう。だったら慰労の席に私たちがやってきても、なにもおかしくはありません」

言われて祥兵衛は頭をかかえた。

「言ってくれるじゃないか。しかし理屈は通ってなくもない。どうも今夜はわしの完敗だ」

九

誠四郎がぶらりと押上村の抱月宅を訪ねたのは、翌日のことである。まだ片付けが終わらないのか、春月は抱月の仕事場にすわりこんで整理に余念がなかった。

「ちょっと聞きたいことがあってね」

上がり框《かまち》に腰を下ろすと誠四郎は切りだした。

「なんでしょうか」

春月はきちんと正座になってこちらに向き直る。

「そのまえにこれまでの調べの話をしておこう。残念ながら下手人の手がかりはまだつかめていない。すこしだけ前進したといえば、抱月さんの首を絞めた凶器のしごき紐のでどころだ。これは三軒町の小間物屋『つたや』で買われたものだと分かった。ただ買っていったのは七、八歳の女の子だった。下手人が子供を使って買わせたと思われる」

「……！」

「一方、探しあぐねているのが抱月さんの絵を切りきざんだ鋏だ。以前染め師だったことで酔月さんが疑われたが、こっちの疑いは晴れた。すると裁断に使われた鋏はどこへ行ったかだ。下手人が持って逃げたというより、この近くのどこかの目につかない場所で、土に埋めるか川に捨てるかして処分されたと思うんだ。そこで近々、人を動員してこのあたりを徹底して総ざらえする予定になっている。これが見つかれば、見えない下手人に一歩近づけるのだが」

「……!!」

誠四郎は嘘を交えて、ことさら話を誇大に作って言い、春月の反応を見た。あきらかに彼に動揺が見えた。

その様子を見て誠四郎はさらに一歩踏み込んだ。

「ところでいまから八日ほどまえ、大雨が降った日があっただろ。覚えているかね」

「はい」

「その翌日だ。海辺大工町にすむ清助と、呉服問屋菱屋のご隠居の治兵衛の二人が殺されている。そこで聞くが、あんたあの大雨の翌日、どこでどうしていたね」

「私でしたら、やはりここで師匠の遺品の片付けをしていました」

すこし声が乱れた。

それを聞いて誠四郎は框から立ち上がった。

「それだけ聞けば十分だ。邪魔したな」

今日の訪問はいわば誠四郎から春月への挑戦であった。春月の犯行はほぼ固まった。残念ながら今度の事件は村野組が担当する事件である。

向こうが持てあましてこちらに振ってきたとはいえ、臨時廻りはしょせん定廻りの手伝いで、探索の権は定廻りにある。春月が下手人と分かれば、そこからさきは向こうの仕事である。

事件の真相を知ったことで、誠四郎の春月によせる思いは、より厚いものになっていた。同情で片づけるには軽すぎる、どこかで心が交流し合うような、微《かす》かだが奥深い感情の動きだった。

その思いが定廻りに手渡すまえに、春月に自首させたいという思いになっている。それは事件を自分の手で収めることにもなるし、春月にとっても情状が得られて決して悪い選択ではないはずだ。

そういう意味で今日の訪問は、春月から自首を引き出すために、誠四郎が仕掛けた挑戦であった。

誠四郎が戸口に手をかけたとき、背中に春月の声が飛んできた。

「あとひとつ、どうしても片づけねばならない問題が残っています」

振り向くと懇願するような目が、こちらを見ていた。

その問題が解決するまで猶予が欲しいと、その目は言っていた。

誠四郎は自分の挑戦が十分成果をあげたことを確信して、押上村をあとにした。

誠四郎は待った。

もうひとつ問題が残っていると春月は言った。それはまだ絶望から立ち直れていない酔月の説得だろう。抱月の後継者を決めなくては、春月は身動きできない。その説得が片付けば春月は自首してくる。誠四郎はそう確信している。

待つことも探索のひとつではある。だがその待ち時間を誠四郎は、手あぶりを抱え込むようにして、一日壁にもたれて目を閉じていた。傍《はた》からは単なるぐうたらとしか見えない風景である。

案の定、武井与力の嫌味が飛んできた。

「抱月殺しの調べはどうなってるんだ。みんな忙しくしているのに、一人のんびりしているとはいいご身分だ。ここでだらけているということは、事件は片付いたと見ていいんだな」

探索の行《い》き方《がた》を心配しているというより、ぐうたらな様子が癇《かん》に障《さわ》った言いぐさだ。

「抱月殺しの方は、ほぼ片付きました。あとは仕上げ待ちです」

「なに、仕上げ待ちだと？」

「ついでにひとつ付け加えますと、殺されたのは抱月だけではありません。あと二人、おなじ下手人の手にかかって殺された者がいます」

誠四郎の言葉は相当に意外だったらしく、武井は目を白黒させた。

「殺された者があと二人いるだと？」

「はい。それで私はこうして、下手人が自首してくるのを待っているのです」

聞いて武井の顔色は、迷いの灰色から怒りの赤に変化した。

「下手人が分かっているならすぐ捕まえろ！　もし逃げられたらどうするんだ！」

「下手人は絶対に逃げたりしません」

「どうしてそう断定できる?」

「私は下手人を信じておりますから」

「下手人を信じるだと? きさま、頭がおかしくなったんじゃないのか」

呆れてものが言えないとばかり、武井与力は足音荒く与力溜まりへ帰って行った。

誠四郎のぐうたらは五日つづいた。五日目の朝、初雪が舞った。奉行所の庭は、粉を振り撒いたようなまだら模様の雪化粧になった。

庭に下りてそんな景色を眺めていた誠四郎のところへ、小者が来客を告げに来た。

奉行所の門先に、春月が寒そうに身体をすくめて立っていた。

「私が抱月師匠を殺しました。それと……」

春月が言いかけるのを抑えると、

「くわしくは内部《なか》で聞こう」

誠四郎は彼を奉行所の一室に連れて行った。

「なにもかももうお分かりのようですが、私が師匠を殺しました。それと海辺大工町の清助と、呉服問屋菱屋のご隠居も……」

「…………」

「すぐ自首して出るつもりでしたが、どうしても片づけなければならないことが残っていまして……酔月に、抱月師匠のあとを継いでくれるのを承知させることが、思ったより長引きまして」

そして春月が語った事件の顚末《てんまつ》は、父祥兵衛が立てた推理を大きく外れていなかった。

語り終わると春月は畳に手をついて深くお辞儀をした。

「私が残る仕事を片づけるまで、猶予をお願いした私の意向を汲《く》み取って、今日まで自由にさせていただいたお情けは、一生忘れません」

そう言うと春月は、畳の上にハラハラと涙を落とした。

「よく分かった。ところで今度の事件では、私は手伝いに過ぎないんだ。ここからは本来の部署に引き継がねばならない。しばらくここで待っていてくれ」

誠四郎はそう言いおくと、部屋をでて与力溜まりに向かった。武井与力は所在なげに無精髭《ひげ》を抜いていた。

「与力にご報告します。たったいま抱月殺しの下手人が自首してきました」

聞いて武井は飛び上がった。

「なに、自首してきただと？」

「このまえお約束したとおりです」

「それが本当なら、この事件、村野与力にお返しせねばいかん。だからここから事件はお前の手を離れる。いいな?」

「心得ております」

立って村野与力を探しにでかけた武井を見送って、誠四郎は同心溜まりへもどった。待つ間もなく沼田同心が小走りにやってくるのが見えた。

「村野与力から聞いたが、抱月殺しの下手人が自首してきたとか?」

「そうです」

「あとはこちらでやるように言われた。なんだかせっかくの手柄を横取りするようで悪いな」

沼田はちょっと申し訳なさそうに言った。

「いえ、私は定廻りのお手伝いをしただけですから。ただ下手人はけっして悪い人間ではありません。よく話を聞いてやってもらって、よしなにお願いします」

「承知した」

そのあと誠四郎は沼田同心を春月の待つ部屋に案内すると、部屋に入らずきびすを返した。これ以上春月の顔を見るのが辛《つら》かった。

庭下駄をつっかけて庭に出た。雪はもう溶けて残っていなかった。雲におおわれた空を見ながら、誠四郎はこころの中に一か所、小さな隙間《すきま》ができているのに気がついた。いままで春月が占めていた場所だった。

事件を定廻りに返して、これまでの自分の努力はなんだったのかと、悔しい気持ちがないではない。だが悔しさの中にちょっぴりとだが、やり遂げたという満足が腰を下ろしていた。

いまの春月の気がかりは酔月のことであろう。抱月のあとを引き継いだ彼がうまくやって行けるかどうか、その心配が、罪を認めてさばさばした春月の心残りになっているはずである。

（ときおり酔月のことを見に行ってやろうか。困ったことがあれば手を貸してやってもいい）

はっきり言って個人の問題に入り込むことになる、その同心としては逸脱した思いを、誠四郎はおかしいとは思わなかった。

酔月に寄せる気持ちが、春月がいなくなった誠四郎のこころの隙間を埋めようとしていた。

第四話　三人の親子

後世、大正の御世《みよ》に、千家元麿《せんげもとまろ》という詩人がこんな詩を書き残している。

或年《あるとし》の大晦日《おおみそか》の晩だ。
場末《ばすえ》の小さな暇さうな、餅屋《もちや》の前で
二人の小供が母親に餅を買つてくれとねだつて居た。
母親もそれが買ひたかつた。
小さな硝子戸《ガラスど》から透《す》かして見ると
十三銭と云《い》ふ札《ふだ》がついて居る売れ残りの餅である。
母親は永い間その店の前の往来《おうらい》に立つて居た。
二人の小供は母親の右と左の袂《たもと》にすがつて
ランプに輝く店の硝子窓《ガラスまど》を覗《のぞ》いて居た。

十三銭と云ふ札《ふだ》のついた餅を母親はどこからか射《さ》すうす明りで帯《おび》の間から出した小さな財布《さいふ》から金を出しては数へて居た。買《か》はうか買《か》ふまいかと迷つて、

三人とも黙つて釘《くぎづ》付けられたやうに立つて居た。

苦るしい沈黙が一層《いつそう》息を殺して三人を見守《みまも》つた。

どんよりした白い雲も動かず、月もその間から顔を出して、如何《どう》なる事かと眺《なが》めて居た。

然《そ》うして居る事が十分余り

母親は聞えない位《くらい》の吐息《といき》をついて、黙つて歩き出した。

小供達もおとなしくそれに従つて、寒い町を三人は歩み去つた。

もう買へない餅の事は思は無い様に、

やつと空気は楽々出来た。

月も雲も動き初めた。然うして凡《すべ》てが移り動き、過ぎ去つた。

人通りの無い町で、それを見て居た人は誰もなかつた。場末の町は永遠の沈黙にしづんで居た。

（以下・略）

千家元麿・詩集『自分は見た』「三人の親子」（青空文庫）より

こういう話はいつの時代にもある。そしてこれから語ろうとしている時代にも、この詩と似た風景が展開していた。

この物語はそこからはじまる。

一

江戸の年の瀬はあわただしい。酉《とり》の市にはじまり、煤払《すすばら》い、年の市、節分《せつぶん》が終わって、大晦日の年越しがやってくる。旧暦では正月元旦のまえに節分の行事が行われた。

中でも年末でいちだんと盛り上がるのは、十四日の深川八幡《ふかがわはちまん》にはじまり、二十八日の薬研堀不動尊《やげんぼりふどうそん》で終わる年の市である。江戸の人々の多くは正月の入り用の品をこの市で求めた。

その終わり近く、二十二日から二十三日にかけて、芝明神宮《しばみようじんぐう》の年の市が開かれる。今日がその仕舞日《しまいび》の二十三日だった。

和泉橋《いずみばし》をすこし下った冨山町《とみやまちよう》二丁目に、『河半《かわはん》』というこぎれいな饅頭《まんじゆう》屋があった。

その日、すこし日が傾きかけて日陰になった廂《ひさし》の下で、母親に連れられた二人の子供が、長いあいだそこに立って店の中を覗き込んでいた。

母親の名はお沢《さわ》。子供は十歳の姉を千枝《ちえ》と言い、七歳の弟を勇太《ゆうた》と言った。彼らが見ていたものは、店頭に並べられた正月用の角餅《かくもち》であった。

この店は大福餅《だいふくもち》や串団子《くしだんご》を商う評判の店である。だがいまはそれらの看板商品を両脇に押しのけて、正月用の角餅が首座《しゅざ》を占めている。

母親はその餅を買うかどうかで悩んでいた。毎年ならここの餅を買い求め、雑煮に入れて正月のお祝いをする。正月を雑煮で祝うのは、亭主が上方出身だったことからはじまった習わしだった。

だが今年は違う。この四月に船の荷運びをやっていた亭主が、足を滑らせて転落死し、今年の正月はいつものようにはいかなくなった。お沢はいま失業中で、生計《たつき》が苦しくなっている。

亭主が死んですぐ、油屋を営んでいる亭主の友達が、親切に店の手伝いとして雇ってくれた。だから食べるには困ることはなかった。ところが亭主の友達が急死して、油屋は店をたたんだため、お沢は失職した。

なんとか神田富松町《かんだとみまつちょう》にある『鈴広《すずひろ》』という小料理屋に、忙しいときだけ手伝うという不定期な仕事は得たものの、収入は安定しない。はっきりいって明日の暮らしの見通しさえ立たなかった。

角餅には二文《にもん》という値札がついている。三つ買うと六文。買うつもりなら買えないことはない。しかしいまそれを買ったことが、さきで暮らしの支障《さわり》になりかねない心配がある。なにしろいつ仕事がもらえるか分からないのである。

お沢は長い逡巡《しゅんじゅん》の末、買うのをあきらめて歩きだそうとした。

「お餅、買わないの？」

千枝が不思議そうな顔をした。

（いつもそうしたじゃない）

その顔はそう言っていた。

千枝の言葉がお沢の胸に鋭く突き刺さった。

つい崩れそうになる決意から逃れるように、お沢は千枝の手を強引に引っ張って店から離れた。十歳の子には子供なりの判断がついたようで、千枝は手を引かれるまま素直に店を離れた。

だが勇太はまだ店を覗き込んだまま動こうとしない。餅に未練があるようだった。その手を引き返してきた千枝が黙って握ると、店から引きはがすようにして連れ去った。

人通りのまばらな通りを、三人の親子の後ろすがたが遠ざかって行った。

翌日のおなじ時刻に、お沢のすがたは河半の店先にあった。今日、鈴広から片づけ仕事で呼ばれ、わずかだが稼ぎが入った。それで子供たちに餅を買ってやろうと思い、やってきたのだった。だがお沢は餅をまえにして、気持ちがぐらついた。考えたすえ、彼女は餅をあきらめて歩きだした。

一年一度のことである。なんとか子供たちに餅を食べさせてやりたい。それが親としての責任のように思えて、ふたたびお沢の足はここに向いたのだが、やはり決心はつかなかった。

逡巡は翌日にもつづき、お沢はおなじ時刻に河半のまえに立った。ここに立つようになって三日目のことである。その事件は起きた。

この日は河半の店頭に客のすがたがあった。客は大店《おおだな》の番頭風の年配の男の人だった。その客は角餅を十個買い上げ、経木《きようぎ》に包まれたものを提げていた巾着袋《きんちやくぶくろ》に入れた。

そのときお沢の目のまえで、信じられない風景が展開した。客が店番の男になにか問いかけると、そのまま店番に導かれて店の奥へと向かったのだ。客はすぐ引き返すつもりだったのだろう。巾着袋は店頭におかれたままになった。

二人のすがたが消え、一瞬店先はガラ空きになる。その瞬間、自分でも気づかないうちにお沢の足が動いて、店中に踏み込んでいた。客が置き去りにした巾着袋を引っつかむと、夢中で店を飛びだした。

「万引きだ、万引き！」

気づいただれかが背後で金切り声をあげた。

もうやり直しはきかない。こうなると逃げるしかない。お沢から思考が吹っ飛んでいた。ただ逃げることだけで頭がいっぱいだった。

出た道を松枝町《まつがえちょう》に向かおうとした。そこには通行人のすがたがあった。背後からは「万引き！」の声が追いかけてくる。その声を聞きつけて人々は足を止め、こちらを振り向いた。

　仕方なく反対の道をとった。武家屋敷とのあいだに左折の辻《つじ》がある。そこにも通行人がいて「万引き！」の声に足を止めている。あとは神田川沿いの道に逃げるしかない。

　追う声はますます近くなっている。河岸道にも声を聞きつけて、好奇心あらわに立ち止まる人の溜《た》まりができていた。それがあたかもお沢捕縛に手ぐすねを引く捕り手のように見えた。

　人溜まりにできた隙間を、お沢は必死で駆けた。前方に和泉橋《いずみばし》が見えてきた。あとから思うと、まるで誘導するように人溜まりの隙は和泉橋に向かってできていた。

　和泉橋に着いたとき、お沢は息が切れ、口から心ノ臓が飛びだしそうなほど苦しく、足がもつれた。そこまでだった。橋の中ほどでお沢は追っ手に追いつかれた。

追いついた男は着物の後ろ襟を摑《つか》むと、

「太てえアマだ！」

口汚い言葉でののしった。

捕まりながらもお沢は、巾着袋を奪われないよう胸にかかえ込んだ。だが袋を持つ手が逆にねじり上げられ、巾着袋は追っ手の男にもぎ取られた。

取られまいとするお沢と、奪おうとする男との短い争奪戦は、男の手を離れた巾着袋が、神田川に向かって落下していったことで終わりを告げた。

糸の切れた操り人形のように、お沢は橋のうえに崩れ落ちた。頭の中はまっしろで、空に向けた目はなにも映していなかった。

腕をねじあげられ身動きのできなくなったお沢を、べつの男の顔が覗き込んだ。瘦《や》せた商人風の男が言った。声は優しいが、こちらに向けた目に冷酷さのある男だった。

「あんた、私の店の店先から、お客の巾着袋を盗んだね」

どうやら河半の店のものらしい。

「盗みました。もうしわけありません」

お沢は聞き取れるか聞き取れないかほどの声で詫《わ》びた。

「だったらいっしょにそこの番屋まできてもらおう」

その男はお沢を引き立てると、和泉橋の橋のたもとにある自身番に引っ張って行った。お沢は観念して引きずられていった。

二

ここは南町奉行所の同心溜まりである。朝っぱらから浅野《あさの》同心が、同僚の尾瀬《おぜ》同心をつかまえてぼやいていた。

「昨日はひどい目に遭った。餅を十個、盗んだ万引き女を捕まえたというので、呼ばれて和泉橋の番屋へ行ったんだがね」

「餅十個じゃ、たかだか二十文ほどの被害だろう」

「普通なら捕まえて代金を払わせるか、持ち合わせがなければ後日弁償させればすむことだ」

「たとえ払えなくても、たいていの店はそれくらいの被害なら泣き寝入りですませる。番屋に突きだすまではしない」

「だろう。しかもその女、払える金は持っていた」

「じゃあ事件にもならんだろう」

「それがなにを考えたのか河半の番頭が、女を自身番まで引きずってきて、被害の届《とどけ》書《しょ》までだしているんだ」

「やり方が尋常じゃないいな」

尾瀬同心は呆《あき》れ声をあげたが、その話を小耳にはさんで興味を持ったのが、すぐとなりで手あぶりを抱え込んでいた谷岡誠四郎《たにおかせいしろう》だった。

「そこで河半まで足を運び、弥八《やはち》という番頭に逢って聞いてみたんだが、被害に遭った巾着袋は客からの預かり物なので、内々にはすませることはできなかったとおっしゃる。そう言われると引き下がるしかないが、どうも向こうには公《おおやけ》にできない事情があるようなんだ」

「公にできない事情？」

「そこはおれの勝手な想像だ。番屋に出された届書を見ると、盗難に遭ったのは『角餅十個とその他』と書いてある。そこで『その他』とはなんだと番頭に聞いてみたんだがね、客から聞いたとおりを書いたんで、それがなにかは知らんと言うんだ」

「だったらべつにおかしくはないいじゃないか」

「ところがさ、事件があったすぐあと、河半は人夫を集めて手まわしよく川ざらえをさせているんだ。神田川に沈んだ巾着袋を探すためにな」

「それで浅野同心は、届けにあった『その他』が相当重要なもので、向こうに公にできない事情があると判断したわけか」

「番頭の言うのには、お客のものを紛失したんで、責任上川ざらえをやって探させたと言うんだが、餅十個でそこまでやらんだろう。一緒に入っていた『その他』が重要物だったと白状しているようなもんだ。きっと河半はその中身を知っていて、責任逃れに川ざらえまでやったんだろうな。結局探し物は見つからなかったそうだがね」

「で、万引きを働いた女はどうなった？」

「番屋に留置するほどの事案でもないが、届けがでている以上一存で釈放もできない。仕方がないので番屋の家主に頼み込んで、夕べひと晩面倒を見てもらったんだがね。だからこれからさっそく出かけて後始末をせねばならん」

「どう始末をつけるつもりだ」

「それで困っている。餅代を払わせて一巻の終わりにしたいんだが、河半は応じないと言う。客との信用関係もあるから、きちんと処罰してケジメだけはつけてくれと言うんだ」

「かた苦しいことを言うじゃないか」

「だから憂鬱《ゆううつ》なんだ」

浅野同心が大きなため息をついたとき、よこから誠四郎が口を挟んだ。

「その万引き事件、私が肩代わりしましょうか」

この突然の申し出に、浅野同心は相当驚いたようで、しばらくポッカリ口を開けたまま誠四郎を見つめていた。どう考えても厄介な事案を、わざわざ買って出る人間などいるはずがない。それを言い出したのには、なにか思惑がありそうだと疑問を持ったようだ。それが疑わしい目の色になった。

誠四郎はあわてて手を振ると、

「いやいや他意はありません。ちょうど暇を持てあましていたところなんで、お困りならお手伝いしようかと……」

「そりゃ肩代わりしてくれるなら、こちらとしては大助かりだが、武井《たけい》与力から苦情がでないか」

「あの人、私のやってることにあまり関心がありませんから大丈夫でしょう。もし与力が苦情を言ってきたら、谷岡がぜひにと頼むから、仕事をくれてやったとでも言っといてください」

「そうか。貴公がそういうならお願いしよう。助かったよ」

実際に浅野同心は厄介から解放されて、晴れ晴れとした顔になった。

　自身番では朝次郎《あさじろう》と名乗る家主が、丁重に誠四郎を出迎えた。お沢の監視に家主自身が泊まり込んだようで、はれぼったい目をしている。

「今度の万引きの件を、浅野同心から私、谷岡が引き継ぐことになりました。よろしく頼みます」

「それはまあご苦労さまです」

　今度の事案の厄介さを承知しているらしく、家主は慰め顔になった。

「お沢とかいう女に、べつに変わったことはありませんでしたか」

「ありません。おとなしくしていました。ただ亀井町《かめいちょう》の家に残してきた二人の子供のことをしきりに心配していましてね。番所のだれかを報《しら》せに走らせようかと聞いたんですが、自分がいなくても、ひと晩くらい大丈夫だろうと言うので、そのままに……」

「とにかくお沢に逢わせてもらいましょうか」

　家主はうなずいて立っていくと、奥の間との仕切りの襖を開けた。ふだんここが閉められていることはない。女を泊めるというので家主は気を遣ったのだろう。

　お沢は小柄で瓜実顔《うりざねがお》の気の優しそうな女だった。どちらかと言えば美人に属するその顔が、はれぼったくむくんで、怪談にでてくる幽霊を思わせた。昨夜は一睡もできなかったのだろう。

「あなたの事件、私が預かることになってね。昨日聞かれたのとおなじことを聞くことになるが、協力をお願いする」

誠四郎が言うと、

「こちらこそよろしくお願いします」

お沢は膝《ひざ》をたたんできちんと頭を下げた。

「河半から餅の入った巾着袋を盗んだ。このことに間違いはないね」

「はい、私が盗みました。もうしわけありません」

言ってお沢は深々ともう一度頭を下げた。その態度にどのような仕置《しお》きでも受けますという、覚悟のほどが見えた。下手人がここまで素直なら、もう事件は解決したようなものだと誠四郎は思った。

それでもいちおうは事件の始終を聞いてみたが、浅野同心が話していた内容とほとんど変わらなかった。

ただ誠四郎が聞きとがめたのは、河半から逃げだしたあと、行く先々を人にさえぎられ、まるで誘導されるように、和泉橋に逃げるしかなかったという言だった。

あくまでお沢の主観である。だが誠四郎にはその言葉が妙に心に引っかかった。

さらにお沢は気になる証言をした。和泉橋で追いつかれたとき、追っ手は「太てえアマだ！」と罵声《ばせい》をぶつけたという。河半の関係人とは思えない無頼《ぶらい》な言葉つきである。しかもお沢は握っていた巾着袋を、その男にもぎ取られたとも言った。それがたしかなら、巾着袋を川に落としたのはお沢を捕まえた素性不確かな男ということになる。

聞き取りをすませると、誠四郎は盗難の届書を家主から見せてもらった。浅野が話したとおり、そこには『その他』という文字が間違いなくあった。

三

自身番をでて誠四郎が向かったのは河半であった。応対に出たのは、きのうお沢を自身番に連れて行った、弥八という番頭である。主《あるじ》の作兵衛《さくべえ》は外出していて留守だという。弥八というのはいかにも物腰は商人風で柔らかいが、目つきの鋭さが気になる男であった。

客間で向かい合うと、誠四郎はまず言った。

「今度のことで、どうも引っかかるところがあって、そのへんを聞きたいと思うんだが」

「なんなりとお聞き下さい」

「ここにくるまえ知り合いの商人数人に逢って聞いたんだが、彼らは万引きの現場を押さえたら、まず代金を払わせてすませる。相手に持ち合わせがないときは後日の払いを約束させる。どうしても払えない事情があるときは、大した額でなければ代金は店が引っ被《かぶ》るのが普通だと口をそろえたんだがね」

誠四郎は浅野同心の話を、知人の商人から聞いたことにした。

「万引きなら被害額も知れてる。それをわざわざ自身番まで連れて行って、しかも届書を出し、大きな事件にしようとしたのはどうしてかな」

誠四郎はわざと嫌味な言い方をした。相手に動揺を与えて本音を吐かせようと考えてのことである。

「昨日のお役人にも話しましたが、うちの店だけの問題なら、いまおっしゃったようにして片づけたでしょう。でも盗まれたのはお客さまの持ち物ですから、なあなあですませるわけにはいきませんでした」

弥八は表情ひとつ変えずに応えた。

「聞くところ、万引き女は金子を持っていたらしい。最初にやることといえば、盗まれた商品の代価を払わせることだと思うがどうかね」

「なんべんも言いますが、お客さまのものに手をつけたのですから、最初から弁償させてすませるつもりはありませんでした」

「なるほど。そこで聞くが、女を捕えてすぐ、河半さんは早手回しに川ざらえをさせているね。そこまで急いだ理由はなんだろう」

「お客さまが盗まれた袋に、大切な書き物が入っていたとおっしゃるんで、馴染《なじ》みの業者に無理を言って川に入ってもらいました。でも結局探し物は見つからなくて……」

「すると話の筋がおかしくはないか。川ざらえをしなきゃならないほど大切な書付《かきつけ》の入った袋なら、盗まれるような場所には置かないだろう」

「ご不浄を借りたいとおっしゃって、店の者が案内したんですが、尿意に気が行ってうっかりされたそうです。でもすぐに気づいて取りにもどられました。万引き女を見つけられたのはお客さまです」

「ところでそこまで大騒ぎした書付だ。どういう内容のものなんだ?」

「中身のことは聞いておりません」

「内容も知らずに、客の話だけで川ざらえまでやったってわけか」

「お客さまのあわてようが尋常ではありませんでしたので」

「その客の身元は分かるかな」

誠四郎が聞くと、それまでよどみなく応えていた弥八の表情が硬くなった。

「それはお客さまが内密にしてほしいとおっしゃっていますので……」

「言えないか」

「はい」

「まあいい。調べればすぐ分かることだ。そっちが届書まで出した事件だから、われわれがきちんと調べて報告書を上げねばならない。盗まれた袋になにが入っていたかは、重要な報告事項だからな」

聞いて弥八は明らかに動揺を見せた。客のことはよほど知られたくないらしい。

「あの、あの届書ですが、取り下げるわけにはいかないでしょうか。私が勝手にやって、主からやり過ぎだと叱《しか》られました。今日にでも番所まで取り下げに行こうと思っていたところなんです」

「いままで聞いた話とは、ずいぶん風向きが違ってきたようだが」

「私の勇み足でした」

「届書を引き下げて、あとはどう始末をつけるつもりなんだ」

「餅の代金はうちがかぶって、事件はなかったことに……」

「すべてなかったことにしていいんだな？」

「はい」

「なぜ最初からそうしなかった」

「もうしわけありません」

「分かった。被害をあんたのところがかぶれば、万引きという罪は残る。だから代金は相手に払わせる。いくらだ？」

「二十文です」

誠四郎は懐から財布を取りだすと、二十文を弥八の目のまえに並べた。

「これで万引きは消滅する。いいな。あとで話をひっくり返したりするんじゃないぞ」

弥八を睨《にら》みつけておいて、誠四郎は河半をあとにした。

書付と客の素性を聞いたとたん、弥八の態度が変わった。どうやら今度の万引き事件のうらに、表にはだせない秘密が隠れていそうだ。

河半は万引き事件をなかったことにしたいらしいが、誠四郎は一件落着にするつもりはない。せっかく関わったのだ。その隠れた秘密というやつを探ってやろう。闘争心を掻《か》き立てる渦が彼の心の中でわき起こり、その渦の中に誠四郎はみずから足を踏み入れていった。

報告を聞いてお沢は満面に笑みを浮かべた。

「私がやったことは、なかったことにしてもらえるのですか」

「河半がそう言ったんだ。安心しなさい」

「本当にありがとうございました」

手を突いて礼を言うお沢の頰《ほお》を、涙が幾筋か伝って落ちた。

「私が餅代を立て替えて、事件はなかったことになっている。だから帰っても子供たちには、事情があって、ひと晩知り合いの家に泊めてもらったとでも言っとくんだな」

「はい」

「早く帰って子供たちを安心させてやりなさい」

「ありがとうございます。でもお餅の代金はお払いしておきます」

お沢が袂《たもと》から財布を取りだそうとするのを、誠四郎は止めた。

「その金、あんたにとって、出すことをためらったほど大切な金なんだろう。餅の代金二十文、払えるときがきたら払ってくれ。あるとき払いの催促なしということにしよう」

お沢を見送ると誠四郎はひとつ肩の荷が下りたような気持ちで、ふっと軽い吐息をついた。

四

日本橋川沿いの小網町《こあみちょう》につながる一郭に、立派な武家屋敷が立ち並んでいる。その東詰にある箱崎橋《はこざきばし》の近くに、小普請奉行《こぶしんぶぎょう》 井坂与右衛門《いさかよえもん》の屋敷があった。

その奥まった一室で主の与右衛門は、商人風の中年男と向かい合っていた。だが決して話題が愉快なものではない証拠に、与右衛門の眉間《みけん》には厳しい皺《しわ》が浮き上がり、部屋の空気は触れれば弾《はじ》けそうなほど緊迫感をはらんでいた。

「つまり例の書付は、万引きされた巾着袋といっしょに、神田川に沈んでしまったというのか」

「まことに不手際なことで、お詫びの申し上げようもございません」

「ほんとうの話だろうな、森田屋《もりたや》」

「お殿さまのまえで、嘘偽りなど……」

「よく言う。その書付、紛失しましたと言いつづけてきたのは、どこのだれだ」

「ひと言もございません。あの書付、たしかに大切に隠し持っていたことは否定いたしません」

「その書付をもってわしに無言の脅しをかけ、そのおかげで木場随一の材木問屋に成り上がったことも否定できまい」

「脅しをかけたなど滅相《めっそう》もございません。ただ殿さまのおかげで、森田屋が大きくなれたことは事実でございます。だからこれ以上書付を隠し持っていてはお殿さまに迷惑がかかるとお返しするつもりでしたが、こんなことになろうとは……」

「こちらからちょっと怖い目をさせたから、命惜しさに返却に応じたのではないのか」

「なんどとなく命を失い兼ねないような目に遭って、書付をお返しする決心をしたことはたしかでございます。いくら大切な物でも、命には代えられません」

「多少汚い手を使ったことは認める。だがそうでもしなければ、そっちはいつまでも書付の返却に応じなかったであろう。ところで森田屋、返却に応じたものの返すのが惜しくなって、神田川に落としたなどと話をでっち上げたのではないのか。川に沈んだことにすれば、ふたたび返却を迫られる心配はない。考えたものだ」

「お殿さまに失礼ですが、それは下衆《げす》の勘《かん》ぐりというものでございます」

「これまでの森田屋の厚かましさを見れば、下衆の勘ぐりどころか、正鵠《せいこく》を射ているのではないのか」

「話が嘘でない証拠に、ただちに川ざらえをさせています。結果、見つけることはできませんでしたが」

「それよ。川ざらえをしたというのもかなり早手まわしだが、森田屋の話にはいくつもおかしなところがある」

「はて？」

「そちらの番頭が河半という菓子屋に立ち寄った際、うっかり店頭に袋を置き忘れて万引きに遭った話だが、普通、大事な書付の入った袋を、うっかりとにせよ、盗んでくださいとばかり店頭に置き忘れたりするものか」

「その点はお詫びのしようもございません。番頭は厳しく叱りつけておきました。なんでも急に小用をもよおしたそうでして……でもすぐに忘れ物に気づいて取りにもどったところ、万引き女を目にしてすぐ追っかけましたが、残念ながらこの始末で」

「神田川に捨てるのは予定の行動だったのではないのか」

「とんでもございません」

「だいいち書付を返すのに、なぜわざわざ菓子屋に寄らねばならないのだ」

「殿さまにご提供する、正月用の角餅を購入しようと……」

「馬鹿を言え。正月用の餅などもらっても、嬉しくもなんともないわ」

「お持ちしようとしたのは、この切餅《きりもち》でございます」

森田屋は風呂敷《ふろしき》に包んだ桐箱を与右衛門の前においた。風呂敷を取り除き桐箱のふたを開ける。そこには通称切餅と呼ばれる二十五両入りの紙包みが十個、きれいに並んでいた。

「このままではあまりにも露骨なので、切餅の上に角餅を乗せ、お正月らしくちょっと洒落《しゃれ》てみるつもりで、番頭を買いに走らせたのですが……」

「さすがに言い訳はお手のものだな」

「そうひねくれてお取りにならず、とにかくはこの金子を新年を迎えるお祝いにお納め願います」

そう言いおいて、森田屋は腰を浮かしかけたが、思い出したように、

「もし殿さまが神田川に沈んだ話を信用なさらず、まだ私が書付を隠し持ってるとお

考えでしたら、ご遠慮なく家探しをなさってください。それでお疑いが晴れるなら、私どもとしてもご協力は惜しみません」

森田屋が去ったあとも、与右衛門は腕組みでしばらくいまのやり取りを反芻《はんすう》していた。

そのとき隣部屋とのあいだの襖《ふすま》が開いて、総髪《そうはつ》にひげ面の男がにじるように入ってきた。

「八代《やしろ》、いまの話どう聞いた？」

井坂の問いに、八代と呼ばれた男、八代玄九郎《げんくろう》は、

「できすぎた話ですな」

「そう思うか」

「見事に組み立てられた話という気がしました」

「すると例の書付は、まだ森田屋がどこかに隠し持っていると？」

「間違いないでしょう。だが家探しを言いだしたことから、書付はわれわれの目のとどかないところに、隠してあると思われます」

「するとしばらく森田屋から目が離せんな」

「いえ、森田屋だけではありません。今度の万引き事件、私は森田屋と河半がつるん

でやったことだと考えております」

「そうだな。万引き事件で目立った動きをしているのは、森田屋ではなく河半だ。すると双方どちらからも目が離せん。かならずやつらになにか動きがある。しばらく手のものを張りつかせてくれるか」

「そう致しましょう」

五

南町奉行所にもどると、案の定武井助五郎《すけごろう》与力が、目に角を立てて誠四郎に詰め寄った。

「わしに無断でどこをほっつき歩いてきた？」

「浅野同心がお困りのようだったので、お手伝いをしてきました」

「だったらなぜ、まえもってわしの了解を得ん？」

「すぐにすむ用件でしたので」

「たとえそうであろうと、同心たるもの、与力の許可を得てから動くものだ」

「でも、もうすべて片付きました」

武井与力はつぎの言葉を飲み込んでしまった。

それから半刻《はんとき》（約一時間）ほどして、武井与力は胸を張るようにして同心溜まりにやってきた。

「谷岡同心、すぐに紺屋町《こんやちょう》に行け。借金のいざこざが刃傷沙汰《にんじょうざた》に及んだそうだ」

朝、部下に無視された腹いせか、武井与力はいちだんと声を張り上げて命令した。

「分かりました」

誠四郎は従順な部下を演じて奉行所をでた。紺屋町に着いたとき、もめごとを起こした二人はすでに和解して、被害側の男は匕首《あいくち》で斬《き》られた腕をさらしでぐるぐる巻きにして、加害側の男と酒を酌み交わしていた。

聞き取りもそこそこに、誠四郎はその足を水谷町の隠居屋に向けた。

縁先に子供たちが群れて、正月用の凧作りに動きまわっていた。見るとほぼ骨組みができあがっている。子供たちに混じって祥兵衛も凧作りに余念がない。小さな子供もいないのに、凧を作ってどうするのかと思うのだが、とにかく子供たちより熱中しているという感じだ。

誠四郎の顔を見ると、祥兵衛はなにか悟ったようで、凧作りを中断して立ち上がった。

「わしはしばらく不在にするが、手を抜くんじゃないぞ。手を抜くと神さまが化けてでてくる」

そう言いおいて、祥兵衛はさきに立って居間に入った。

「なにか事件が起きたらしいな。困った色がそのまま顔にでている」

「ちょっと相談があってきたのですが……ところで『神さまが化けてでる』とはどういう意味ですか」

「意味なんかない。このまえ私の言いつけを守らないのがいたから、思いつきでそう言うとシュンとなったんでな。以来ご利用させてもらっている」

居間に入ると祥兵衛は、先日縁日で買い求めたお気に入りの長火鉢のまえに腰を下ろした。

部屋の隅ではいつものように、紫乃が腹ばいで草紙本を読んでいる。

「わしは誠四郎と話がある。代わりに子供たちを見てやってくれ」

祥兵衛に言われて、紫乃は怪訝《けげん》な顔を見せた。

「私がですか？」

「なにもしなくていい。黙ってすわってるだけでいいんだ。監視するものがいなくなると、子供というのはまさに糸の切れた凧になる。そうならないよう、重石《おもし》としてですわってくれてるだけでいい」

「私は重石ですか」

「ここにいて、わしと誠四郎にお茶をだしたり、菓子をだしたりするか、ただすわって重石になるか、どちらかを選べ」

「重石になります」

紫乃は納得した顔で居間からでていった。

「おかげでお茶はわしが淹《い》れなくてはいかん」

長火鉢では薬罐《やかん》が煮立っている。祥兵衛はそそくさとお茶の用意をはじめた。

「私がしましょうか」

誠四郎が言うと、

「いやいい。それより相談ごとというのを聞かせてくれ」

祥兵衛は手際よく急須《きゅうす》に茶葉を入れ、湯飲みで冷ましたお湯を注いだ。

今朝からの話を誠四郎はかいつまんだ。

「どうも引っかかるところ山盛りの話だな」

聞いて祥兵衛は言った。

「私もいくつか引っかかってます。お沢という女は巾着袋を盗んだことは認めていますが、どうもその盗みには、そうなるように仕組まれた筋書きがあるような気がするんです」

「そのお沢という女、前々から毎日のように、河半の店先にすがたを見せていたんだな」

「そうです」

「店のものが顔を覚えていてもおかしくないな。しかも餅を買いたいが買えないでいる事情も察知していただろう。すると餅入りの巾着袋を店先に置き忘れれば、お沢が盗むだろうとの予測は立つ」

「わざと盗まれるように店頭に置き忘れた。私もそう考えました。しかし問題はそこからさきです。お沢が言うには、行く先々を人に妨害されて、まるで誘導されるように、和泉橋まで逃げたと言うのです」

「そうしようと思えば、できないことではないな。河半の店は冨山町だったな」

「はい。富田《とみた》帯刀《たてわき》邸から辻ひとつはさんで、冨山二丁目の通りに面して店があります」

「わしの記憶ではそこからだと、神田川沿いの河岸道まで、たしか富田邸沿いの辻が一つあるだけだ。そことそのさきの神田川沿いの道の東西二か所、それに松枝町への道の合計五か所をふさげば、お沢を和泉橋に誘導できる」

「言うのは簡単ですが、そううまく誘導できるものでしょうか」

「あのあたり人通りは多い。五か所のまえに立って河半の意向を受けた手のものが『万引きだ！』と叫ぶ。聞きつけて野次馬が群れる。彼らが前にでないように手のものが制止して、お沢の通り道をあける。あるいはふさぐ。野次馬も万引きと聞いて興味で集まったものたちだから制止は簡単だ。つまり五人もいれば、和泉橋への誘導はさして困難ではない」

そう言いながら祥兵衛はお茶を一口飲み、思いだしたように長火鉢の引きだしから、鶴屋《つるや》の米饅頭《よねまんじゆう》を取りだしてきた。

「すこし日は経っているが、まあ食っても多分大丈夫だろう」

平気な顔で不安な言葉を口にし、ついでに米饅頭にかぶりついた。

こんなとき誠四郎は、線が一本はずれていることでは、父も母といい勝負だと思うが、それは顔にはださず、恐る恐る米饅頭を口に運んだ。

「すると手を貸した五人を探しだせば、事情が分かるかも知れませんね。お沢の話だと、和泉橋で追いついて口汚く罵った男は、子豚のようにころころ太っていて、鼻の頭に小豆《あずき》ほどのほくろがあったと言います。きっとその男、河半に手を貸した一人でしょう。探す気になれば、すぐ見つかると思います」

「それとわしが気になるのは、巾着袋に入っていたという書き物だ。すぐに川ざらえまでしているから、よほど大切なものだったのだろう。そんな大事なものを、角餅といっしょに袋に入れるかな。しかもその持ち主がどこのだれか、河半の番頭は口をつぐんで言わない。なにかそこに人に言えない秘密があるように思わんか」

「思います」

「普通なら代金を払わせるか、後日払わせることで収める程度の万引きを、自身番に届けでて大げさにしている。しかも大勢見物がいるところでの川ざらえだ。河半のやり方を見ると、ことさら物事を大きくしているように思えて仕方がないのだ。巾着袋を盗まれた客への義理立てだとしても、すこし大げさすぎる」

「たしかに」

「巾着袋を盗まれた河半の客だが、どこのだれかを見つけだす手はないのか」

「いま伊之助に河半を見張らせています。私がすこし揺さぶりをかけておきましたから、きっとなにか動きを見せると思うんです」

誠四郎が言ったとき、噂の伊之助が居間に顔を見せた。

「やっぱりここでしたか。奉行所へ行くと外出中だというので、役宅をのぞいて見たんですが、春霞《はるか》さんがきっとここだろうとおっしゃって」

「ちょうどいまおまえの話をしていたところだ。まあここに……」

誠四郎はすこし座をずれて、伊之助のすわる場所をつくると、

「で、なにか分かったか」

急《せ》き込むように聞いた。

伊之助は祥兵衛の淹れてくれた熱いお茶を、フウフウ言いながら一口飲むと、

「旦那の見込みどおり、河半は動きました。あっしが見張ってから半刻ほどしてからです。布袋顔《ほていがお》のでっぷり太った中年男が駕籠《かご》を呼んででかけました。行ったさきは一色町《いっしきちょう》の材木問屋森田屋……たしかめましたが、その布袋顔、河半の店主作兵衛に間違いありません」

「番頭の弥八は私に主は留守だと言ったが、居留守を使ったんだな。やましいところがあるので、私に逢うのを避けたんだろう」

「森田屋の店主は長七《ちょうしち》というのですが、あいにく留守だったようで、作兵衛が店に入ってから一刻（約二時間）近く経って、駕籠でもどってきました。作兵衛が森田屋を出たのはそれからすぐでした」

「私が揺さぶりをかけて河半が動いた。行った先が森田屋だったってことは、今度の

事件に森田屋が関わっているということだ。もしかして河半で餅を買った客は、森田屋の人間かもしれないな」

「もうひとつ報告があります。森田屋を運んできた駕籠に、どこから乗せたのかを聞いてみたんです。小網町近くの井坂という屋敷から乗せたそうです」

「小網町近くの井坂と言えば、小普請奉行の井坂与右衛門だろう」

横から祥兵衛が口を挟んだ。

「材木問屋が小普請奉行と逢ったとしても、べつにおかしくはありませんね」

「万引き事件を合図のように、すぐさま河半が動き森田屋が動いた。森田屋が行ったさきは井坂屋敷だった。その動きの速さが気になるな。もしかしたら事件の真ん中にいるのは森田屋と小普請奉行の井坂で、河半は単なる脇役かもしれん。ここはひとつ森田屋と井坂の関わりを調べてみる必要があるな。そうだ、わしが同心時代に親しくしていた御仁《ごじん》がいる。書役同心をなさっていた安田《やすだ》勘助《かんすけ》という人だが、わしよりすこしあとに引退なさった。この人は生き字引と呼ばれるほど博識で、とくに武家の裏話には通じておられた。明日でも訪ねて、井坂のことをくわしく聞かせてもらってこよう。祥兵衛は誠四郎に顔を向けた。

「お前もくるか」

「ご一緒します」

「それともうひとつ、河半と森田屋の関わりだ」

「そっちはあっしが引き受けます。ちょっと思い当たるフシがありますので」

伊之助が言い、

「そうか。じゃあそっちは頼む」

と祥兵衛が言ったとき、縁側の方から紫乃の声が飛んできた。

「秀坊《ひでぼう》、あんたふざけてないで、すこし真面目にやりなさい！　そんなことじゃ神さまが化けてでていらっしゃるわよ！　もし真面目にやる気がないなら、明日からこなくていいから！」

聞いて誠四郎が目を剝《む》いた。

「父上、どうも母上の方が子供たちには厳しいみたいですよ」

「そのようだな、さっきまでぐうたらに草紙本を読んでたのがあれだ。わしも驚いている」

「案外父上の強力な助っ人になってもらえそうですね」

「喜んでいいのやらどうやら。ただおかげで明日は安心して家が空けられる」

祥兵衛は複雑な表情を見せて言った。

六

安田勘助の隠居宅は両国橋を越えたさきの元町《もとまち》にあった。誠四郎が適当な口実をつけて奉行所を抜けだし、祥兵衛と落ち合ってその隠居宅を訪ねたのは、年の瀬も迫った二十七日のことだった。

商家の隠居宅だったのを買い取ったそうで、こぢんまりとした屋敷に、小さな庭がついている。勘助はその庭先で菊の手入れをしていた。

祥兵衛が挨拶をすると、勘助は突然の訪問によほど驚いたらしく、しばらく返事を返せないでいたが、

「これはまたお珍しい」

やっと言った。

「この時季、菊とは珍しいですな」

縁側には白菊や黄菊などの鉢植えが五鉢ばかり並んでいる。

「菊は十一月までの花ですが、植え付け時季と生育を遅らせるように工夫して、正月に見頃がくるようにしています。キクという言葉には『喜来』……喜びがくるとか、

『希久』……望みがいつまでも続くとか、『幾久』……いく久しくのように、おめでたい意味が隠されていますから、私は菊こそ正月の花に相応《ふさわ》しいと、ここ十年来、正月を飾る花にしています」

「いかにも安田どのらしい。われわれ凡人に真似《まね》できることではありません」

「ところでご用件はなんでしょうか。谷岡どのがわざわざ出向いてこられたからには、相応の訳があるのでしょう」

「お察しのとおり、ぜひ安田どののお知恵を拝借したいと……」

「私程度の知識で間に合えばよろしいが……まあどうぞ」

案内された奥の部屋には、手あぶりが用意されていて暖かかった。

妻女がお茶をだして引っ込むと、しばらく勘助と祥兵衛の二人は、湯飲みを手に久《きゅう》闊《かつ》を叙《じょ》していたが、

「そうそう遅れました。これは愚息の誠四郎というものでして、私のあとを継いで同心をやっております」

と紹介しておいてから、

「じつは今日のご相談とは愚息に関わりがあることでして……」

祥兵衛は質問の内容を要領よくまとめて話した。

「なるほど小普請奉行井坂与右衛門氏《うじ》と、材木問屋森田屋とのかかわりですか。それなら話すことは山ほどありますか」

「山ほどですか。それにしては私、浅識《せんしき》にしてほとんど存じませんでした」

「山ほどと言っても、ほとんどが噂のたぐいでしてな、ご存じないのも当然です。ところでどのへんから話しましょうか。そうそう井坂氏は近々空席になる作事奉行《さくじぶぎょう》の後釜《あとがま》をねらっているという話はご存じですかな」

「お恥ずかしいことながら、初耳です」

小普請奉行が扱うのは細々とした修理で、城内の造営や改築などを扱うのは作事奉行である。おのずから格が違う。井坂与右衛門が上を狙《ねら》う気持ちは当然と言えた。

「井坂氏と森田屋とは言ってみれば持ちつ持たれつの関係でしてね。井坂氏は修理関係の仕事を優先的に森田屋に命じる。それで儲《もう》けた森田屋は利益の一部を井坂氏に貢ぐ。井坂氏はその金を出世工作に使う。その関係が長くつづいています」

「……」

「もとはといえば、森田屋はごくごく小さな材木の扱い店でしてね。それが井坂氏が小普請方吟味役《ぎんみやく》から小普請奉行に出世されるのと歩調を合わせて、驚くほどの勢いで大きくなった。いまでは木場を代表する材木問屋です。とうぜん井坂氏と森田屋の癒《ゆ》着《ちゃく》が噂になります。木場の材木商仲間はほとんど噂を真実と見ているようですが、そうだと言える確証はない」

そこまで黙って二人のやり取りを聞いていて誠四郎が、はじめて口を挟んだ。

「すると気になるのは、井坂奉行と森田屋とが関係を持ったきっかけですが、そのへんの事情はお聞きになっていませんか」

「いまから三年前の初春のことです。平川御門《ひらかわごもん》の近くで火事が起きた。覚えておられますか」

勘助は誠四郎に向きを変えて聞いた。

「御番屋《ごばんや》が半焼したという、あの火事のことですか」

「火事そのものは大きな被害にはならなかったが、平川御門はご存じのようにお局《つぼね》たちが通行する出入り口です。だからお局御門と呼ばれるし、死体などはここから運び出されるので、御不浄門《ごふじょうもん》とも呼ばれています。その門と目と鼻のさきに焼け焦げた建物がある。それがお局たちの不興を買いましてね。早くなんとかしろというわけです。そのときいち早く大工たちを集めて半焼の建物を取り壊し、素早く材木の手当をして復元させたのが小普請方吟味役だった井坂与右衛門氏でした。それがお局たちの評判を得て、小普請奉行への出世につながったようです」

「そのとき材木を提供したのが、森田屋だったというわけですか」

「おっしゃるとおりです。御番屋の火災と聞いて、森田屋は注文を受けるよりまえに、材木を現場に運び込んだといいます」

「なんとも早手回しな話ですね」

「その早さに不審を持たれて、いっとき森田屋は火事がでるのを事前に知っていたのではないかとささやかれました。なかでも後手にまわった他の材木問屋の不審は大きく、もしかして森田屋が火をつけたのではないかと、そんな噂さえ流れたくらいです」

「そこから井坂与右衛門と森田屋の親密な関係がはじまったわけですね」

「そうです。そのあと小普請方からの材木発注は、八割方森田屋に流れたと言いますから」

そこまで聞いて祥兵衛と誠四郎は、礼を言って立ち上がった。

「いまお話ししたのは、あくまで噂話を伝えただけで、確証あってのものではありませんので、お含みおき願います」

安田勘助が言い訳がましく言うのを背中に聞いて、二人は元町の隠居宅をあとにした。

七

祥兵衛と誠四郎が両国橋を渡って浅草御門《あさくさごもん》あたりまできたとき、柳原《やなぎわら》通りを新橋の方から駆けてくる伊之助のすがたが見えた。

「いまならまだ元町かと思ったんですが、意外に早く終わったんですね」

伊之助が言うのに、

「そっちも早く片付いたみたいではないか」

誠四郎が返した。

「思ったより簡単に片付きました」

さっそく伊之助が報告を始めようとするのを、祥兵衛は止めた。

「話はすぐそこの水茶屋《みずぢゃや》で聞こう」

祥兵衛はさきに立って豊島町《としまちょう》にある一軒に足を運んだ。

もともと葦簀《よしず》張《ば》りに縁台をおいて茶を飲ませたことから、水茶屋と呼ばれたが、そのうち店を構えるところが多くなった。中には座敷を持ち、茶汲女《ちゃくみおんな》に売春させる店もでてきて、ちょっと印象は変わったが、本来はいまでいう喫茶店である。

三人は店内に入り、落間《おちま》に並んだ縁台の腰掛けにすわった。祥兵衛が注文したのは甘酒である。

この時代、甘いものは貴重品だったから、庶民には喜ばれた。甘酒は一年中飲めるが、なんといっても寒いこの時期の人気ものである。それに茶代は五文だが甘酒は八文ほどで飲めた。

「お沢が言っていた子豚のように太って、鼻の頭に小豆ほどのほくろのある男に心当たりがありましてね。吾助《ごすけ》という強請《ゆすり》、たかりで小遣い稼ぎをやっている小悪党《こあくとう》です。今度の一件、やつが河半に雇われてやったんじゃないかと見当をつけまして、つかまえて絞りあげたところ、観念して簡単に河半から雇われてやったことを白状しました。ほかにも四人、辻々でお沢の行く先を邪魔したのも吾助の仲間でした。吾助はもうひとつ、お沢を追っかけて巾着袋をもぎ取り、川に捨てるように命じられていたそうです」

伊之助はふうふう言いながら甘酒を一口すると、一気にそこまでしゃべった。

「やっぱり万引き事件は、河半が仕組んだ狂言だったんだな」

甘酒の椀《わん》を手にしたまま言ったのは祥兵衛だった。

「そんなわけで、吾助は河半と森田屋とのつながりを知っていると踏んで、さらに絞り上げたんですが、そっちの方は口が堅くて……でもなにか知ってそうな気配なんで、一朱ばかり摑《つか》ませると、あっさりと口を割りました」

「よけいな出費をさせてしまったな」

「いえ、それくらいの出費、大したことはありません。ご心配なく」

「それで河半と森田屋の関係は分かったのか」

「へえ。長七というのはれっきとした森田屋の跡取りです。まだ森田屋がちまちました材木問屋だったころのことですが、彼は手のつけられない極道者で、悪事ならなんでもありという男だったそうです。それが賭場《とば》でいまの河半の作兵衛と知り合った。気が合ったのかこの二人、その後もつるんで悪事を働いていたそうです。ところが四年前の暮れに長七の親父《おやじ》が死んで、稼業を継がざるを得なくなった。そこからどういう風が吹いたのか、森田屋の業績はうなぎ登り。ほかの競争相手を押しのけて、とうとう木場で一、二の材木問屋にのし上がった」

「それでつながった。森田屋長七の昇竜《しょうりゅう》のきっかけが、平川御門まえで起きた御番屋焼失事件だ。そこから井坂与右衛門と二人三脚で、森田屋はのし上がったんだ」

膝を打つように言ったのは誠四郎である。ついでに簡単に安田勘助に教えてもらった顚末《てんまつ》を、要領よく伊之助に語って聞かせた。

「なるほどそういう事情があったのですか。それであっしも飲み込めました。あ、そうそう、河半のことですが、あそこは二十年近く冨山町で店をやってる饅頭屋だそうです。それが三年前、主が亡くなり、跡取りがいなくて店を畳もうとしていたのを、饅頭作りの職人ごと店を買い取ったのが森田屋でした。そして悪だちの作兵衛を河半の主にしてやった。だから作兵衛としては森田屋に頭があがりません」

「いまの伊之助の話で、全体の構図が見えてきたな。やはり幹《みき》は井坂と森田屋で、河半は枝《えだ》だったんだ」

そういうと祥兵衛はあらためてお茶を注文すると、それがとどくあいだ目をつぶって思案していたが、やがて湯気をあげる茶碗を手に乗せると、ゆっくりと語りだした。

「ちょっと大胆な推理をしてみようか。わしが見るところ、どうも平川御門の火事は井坂小普請奉行と森田屋の悪だくみのようだ。筋書きを書いたのは井坂だろう。彼は見苦しい焼け跡に手早く始末をつけ、大奥やお局の評判を得て、出世の糸口にしようと考えた。そこで森田屋に再建のための材木を用意させ、いつでも平川御門までとどけられるようにしておいた。大工を集めるのは職掌がら井坂にはわけもない。そして井坂は何者かに言いくるめて付け火をさせ、評判を得て小普請奉行に出世した」

「すると付け火をした何者かですが、まさか……」

誠四郎が言いつぐむのを、

「火付けをやったのは作兵衛だろう。河半の店はその報酬だ」

祥兵衛はこともなげに言った。

「そうだとして、ちょっと引っかかるのですが、森田屋が井坂の力で小普請方から発注の八割をほぼ独占したことです。いくら悪仲間《あくなかま》とはいえ、あまりにもやり方が露骨過ぎませんか」

「それさ。井坂にはそうせざるを得ない事情があったんだろう」

「事情ですか？」

「よく考えて見るといい。長七がぐうたらな暮らしから森田屋を継いだのが四年前の暮れだ。そして平川御門の火災がその翌年。井坂と森田屋にかねてから交誼《こうぎ》があったとは思えない。おそらくなにか偶然の出会いがあり、井坂から計画を持ちかけられて、関係が成立したのだろう。見返りとして井坂は小普請方が手がける材木の優先発注を約束した。そこでだ誠四郎、もしおまえが森田屋だとしたら、まだ知ってから日の浅い井坂から声をかけられて、無条件に付け火という犯罪に手を貸すかい？」

「不安でしょうね。やったはいいが、もし約束が守られなかったときの心配がさきに立ちます」

「だろう。すると森田屋としては確たる約定《やくじょう》が欲しかった。そこで井坂に必ず約束を守るという一札を書かせたんだと思う。いうなれば井坂が火付けの張本人だという証《あかし》みたいなもんだ。それが森田屋の手にあるかぎり、井坂は森田屋の利益のために動くしかなかった。それが材木発注で森田屋優遇となった」

「神田川に消えたという、問題の書付がそれですか」

「きっとそうだろう。河半が川《かわ》ざらえまでさせたのが、その書付だ」

「なるほど、それで大騒ぎした理由が分かります」

「おそらく井坂は書付を与えたものの、それが大きな負担になった。書付が森田屋の手にあるかぎり、自分は森田屋の言われるままに動くしかない」

「当然井坂は取りもどそうとしたでしょう」

「しただろうな。ところが森田屋は、紛失したとかなんとか言いつくろって惚《とぼ》けとおした。金を生む大事な書付だ。そう簡単に返すわけにはいかんだろう。そんな状況がつい最近までつづいていた。ところが井坂に決着をつけねばならない事情が生じた。作事奉行への栄進の話だ。この機会に厄介な書付を、なんとか始末しておこうと井坂は考えた。でなければこのさきも森田屋から、どんな無理を待ち込まれるか分からない」

「それで井坂は直談判にでた。金でしょうか、それとも……」

「森田屋は金では動かんだろう。わしの想像だが井坂は、森田屋に命の危険を感じさせる行動にでたんだと思う。命を取られては元も子もない。ついに森田屋は折れて書付の返却に同意した」

「なるほど、それが万引き事件につながったわけですね。おそらく森田屋は番頭を使って万引き事件を引き起こさせ、書付の入った袋を神田川に投げ込ませて、永久に書付が消えてしまったことにした。するといまその書付は……」

「間違いなく森田屋がどこかに隠している」

「となると森田屋はそんじょそこらの、目につきやすい場所には隠していないでしょう。厄介なことになりましたね」

「井坂は今度の流失事件を疑っているだろう。近いうち井坂は必ず書付を取りもどすために動く。それをしばらく見張ってみるか。また伊之助に苦労をかけるが」

「なにをおっしゃいます。喜んでお手伝いしますよ」

　そう応えた伊之助のまえに一朱銀をおくと、

「頼む」

　とひと言、祥兵衛は店の支払いに立った。

「大旦那、なんですかこの金子?」

怪訝な顔で聞く伊之助に、

「吾助の口割らせ料だ」

八

入り組んでいた事件の構図がほぐれ、あとは小普請奉行井坂与右衛門の動くのを待つだけというところにきて、様相はとんでもない展開を見せた。

その朝、祥兵衛に意外な訪問客があった。紙貼《かみは》りも終わって凧作りが大詰めにさしかかり、子供たち相手で大わらわの隠居屋に、お沢が千枝と勇太を連れて訪ねてきたのである。

「谷岡同心さまのお世話になったお沢と申します」

お沢は祥兵衛のまえに立つと、深々と頭を下げた。

「谷岡さまのお住まいが分からなくて、通りかかった棒手振《ぼてふり》に聞いたところ、ここだと教えてくれまして」

「それはそれは。あなたの面倒を見た同心は、私の息子です」

「そうでしたか。それは失礼しました。では谷岡同心のおうちは?」

「この近くですが、訪ねても奉行所にでていて留守でしょう。ご用件は私がうかがっておきましょう」

「お願いできますか。じつは拝借した二十文、お返ししようと思いまして」

「ああその話なら聞いてます。たしかあるとき払いの催促なしと言ったようですね。つまり返さなくていいという意味ですが」

「そんなわけにはまいりません。じつはこのお金、私が出来心で……」

いきさつを話そうとしたお沢を、祥兵衛は抑えた。

「事情は存じています。それよりどうして急に借金を返そうと……?」

「昨日思いがけず金子が手に入りましたもので……」

「そうですか、それはよかった。ではそのお金、私が預かって息子に渡しておきましょう」

「よろしくお願いします」

お沢は祥兵衛のまえに、ていねいに紙で包んだ二十文をおいた。

「たしかに」

祥兵衛は受け取って紙包みを懐《ふところ》に入れた。

お沢は頭をひとつ下げると、二人の子供の手を引いて帰ろうとしたが、千枝も勇太も縁先に立って、凧作りに熱中している子供たちを興味深げに眺め、動こうとしない。

「凧作りに興味があるようですから、子供たちはしばらく私が預かりましょうか」

言われてお沢が返事に困っていると、勇太がお沢の袖《そで》を引いた。

「おいら、本物の凧が欲しい」

祥兵衛が聞き咎《とが》めた。

「本物の凧？　どういう意味かな」

「これにはすこし事情がありまして。じつは昨日、河半の主で作兵衛と名乗るお方が亀井町《かめいちょう》の長屋においでになりました。話合いで片づければいいものを、番頭がことを大きくしてしまってまことに申し訳がない。そのお詫びのしるしだとおっしゃられて、五朱もちょうだいしました。いまお返ししたのはその一部です」

祥兵衛は話の内容に驚いた。河半の主が、こともあろうにわざわざお沢のところへ詫びに出向いて、五朱おいていったというのだ。まったく夢想にもしなかった展開である。

「そのとき子供の成長を願っての御守りだと、千枝には羽子板の、勇太には凧の置物をいただきました。小さな置物ですが、木造りの立派なものです。私に子供がいると聞いて、特別注文で作らせたとおっしゃってました。それで詫びに出向くのが遅くなったとも……」

「なるほどそれで置物ではなく、本当の凧が欲しいと……」

そこで祥兵衛は千枝と勇太を振り向くと、

「どうだ。ここに残って自分で凧を作ってみないか。ここにいる子供たちは、みんな自分のものは自分で作っている。もちろんこの爺《じい》さんも手を貸してやるが……」

「お願いします」

勇太はペコリと頭を下げた。

「お姉ちゃんも手伝ってくれるかな」

「はい」

千枝は嬉《うれ》しそうにこぼれるような笑顔を見せてうなずいた。

「そういうわけだ。子供たちはここにおいて、夕方引き取りにきて下さい」

「ありがとうございます。私、これから富松町の鈴広さんの手伝いに出かけます。帰りに迎えにまいりますからよろしくお願いします」

深々と頭を下げるとお沢は、二人の子供に「迷惑をかけないようにするんですよ」と言いおいて、隠居屋をでていった。

その日の夜の夕餉《ゆうげ》の場は、その話題で持ちきりになった。

「今朝、お沢という人が訪ねてきた。おまえに借りた二十文を返すためだと言ってな。これがその金だ」

祥兵衛がそう言って誠四郎のまえに二十文をおいた。

「返さなくてもいいと、匂わせておいたんですが」

「河半の主が五朱を持って、迷惑をかけたと詫びにきたそうだ」

「河半がお沢のところへ詫びにですか⁈」

食べかけていた根深汁《ねぶかじる》の椀を、思わず取り落としそうになって誠四郎は聞き返した。

「そうらしい。それに子供たちの御守りだと言って、木造りの羽子板と凧の置物を持参したという。じつに念の入った話だ。そうそうそのとき男の子が実物の凧を欲しがったので、わしが手を貸して、なんとか夕方までには仕上げてやった。本人も大喜びだったが、迎えにきた母親の方が大感激でな。親子仲良く帰って行った」

「あら、私もずいぶんお手伝いしましたよ」

甘鯛《あまだい》の塩焼きの身をほぐしながら、紫乃が横から言った。

「そうだ。いつになく大いに役に立った」

「いつになくはないでしょう」

「いや、このところいつも役に立ってくれている。いまのひと言慎んで訂正する」

紫乃は納得したように、甘鯛にもどった。

「なかなかいい親子じゃないか」

祥兵衛は盃を満たしながら、誠四郎に顔を向けた。

「私は子供たちとは逢っていませんが、お沢の態度から子供を大切にする母親だという印象を受けました。それにしても河半の親切には驚かされますね」

「親切が本物ならいい話なんだが」

煮付けの大根に箸をのばしながら誠四郎が応えたとき、

「親切すぎるのも、ちょっと嫌な感じがしますね」

「いい話じゃありませんか。それを疑うなんて、卑しい役人根性ですよ」

紫乃が口を挟んだ。

「世の中善意の人間ばかりなら、わしらはおまんまの食い上げだ」

「だからと言って、なんでもかんでも疑ってかかるのは感心しません」

「だがわしらの仕事は、疑いを持つところからはじまるんだ」

「それを卑しい役人根性だと言ったんです」

紫乃も負けていない。

すると野菜鍋を手当てしていた春霞が、

「でもお義母《かあ》さん、河半さんのやり方、すこしできすぎだとは思われませんか」

「そうかしら？」

「たとえばお義母さんが、どなたかから金子を借りて、長い間返すのを忘れていたとしませんか。気がついて返しに行くとき、お義母さんならどうされます？」

「借りたお金と、不義理のお詫びに菓子折をもっておうかがいします」

「返す金額は借りた額でしょうか、それともそれより何倍もの……」

「なにを言うんです。借りた額だけに決まっているでしょう」

「持って行くのは菓子折とおっしゃいましたが、店屋物でしょうか、それとも特別注文の……」

「店で売ってるものですよ。それが普通でしょう？」

「そうですね、それが普通です。でも河半さんは餅代の何倍もの金額に、特別に作らせた子供の御守りまで持参されているんです」

「そう言われると、ちょっとやり過ぎという気がしますね」

紫乃はようやく納得したようだった。

「これでうちの方は一件落着だ。ところで誠四郎、いまの春霞さんの話でも分かるように、河半のやり方は親切すぎるんだ。どうも嫌な予感がして仕方ない。なにかよくないことが起こる前兆ではないかな」

祥兵衛は盃をおくと、腕組みをして考え込んだ。

「私もそんな気はします。だからと言って、いまわれわれにはなにも手が打てません」

誠四郎も困った顔になった。

「そうだな。気になると言っても、しばらくは様子を見るしかないか」

祥兵衛はふたたび盃を取り上げると、吐きだすように言った。

九

おなじ頃、小網町の井坂邸の奥座敷に、井坂与右衛門と八代玄九郎が顔を寄せていた。

「なに、河半の亭主が万引き女の家を訪ねたというのか」

「張り込ませていた手のものからの報告によると、河半の主作兵衛は、亀井町の裏店に住むお沢という女を訪ね、万引き事件での行きすぎた行為を詫びたうえ、五朱の金と子供たちへと言って、羽子板と凧を置いていったそうです」

「河半がなぜそこまで……？」

「詫び料ということでしょうが、いくらなんでも五朱は多すぎます。なにか裏があるように思えてなりません」

「たしかにそんな気がするな。八代、もしかしてそのお沢という女、書付を神田川に捨てたという森田屋の狂言に、手を貸したということはないか。河半がとどけた金はその謝礼……」

「女を抱き込んで、森田屋は万引き事件をでっち上げたというのですか」

「十分考えられる。森田屋は神田川に沈めたことにして、例の書付を永遠に押し隠そうとした。向こうにすればわしを強請《ゆす》るネタになる大事な書付だ。腹黒い森田屋のことだ。かならずどこかに隠している。だがすぐ見つかりそうなところにはない。家探しをしたければどうぞとうそぶきやがったあの自信から見れば……」

「その書付、お沢という女が持っているのではないでしょうか。まさかそんなところに隠してあるとは誰にも想像がつかない」

「お沢という女、引きずってきて、問いただしてみる必要があるな」

井坂は心を固めたようにうそぶいた。

翌日の朝早く誠四郎は、亀井町の裏店からきたという平吉《へいきち》という中年男にたたき起こされた。

春霞はすでに起きていて、平吉を家に招き入れると誠四郎を起こしにくる。まだ半分夢の中で、誠四郎は夜着の上に羽織を引っかけて玄関にでた。

「大変です、今朝方早くお沢さんが何者かに掠《さら》われました」

苦しい息づかいで平吉はやっとそれだけ言った。

「なに！　お沢さんが掠われた⁈」

「三人ばかり侍が押し入ってきて、どこかに連れていきました」

「で、子供二人はどうした」

「無事でした。あっしが自身番に届けようとしたのですが、千枝ちゃんから、届けるなら八丁堀の谷岡というお役人さまにと頼まれまして……」

誠四郎は千枝を知らない。きっと父祥兵衛のことを言ったのだろう。だが平吉は八丁堀と聞いてここに駆けつけてきたのだ。

「待ってくれ、すぐ用意する！」

誠四郎は部屋にもどると、春霞に手伝ってもらってすばやく着替えをすませた。刀を腰に、いざでかけようとする誠四郎を春霞が止めた。

「お待ち下さい。私も行きます」

「春霞が？　どうして？」

「残された子供二人は、だれかが面倒見てあげなくてはいけないでしょう」

「それは長屋のものに任せておけばいいのでは？」

「私、ちょっと心配なんです。相手はなにか必要があって、お沢さんを連れ去ったのでしょう。もし目的が果たせなければ、つぎには子供たちに手をのばしてくる恐れがあります」

「そこまで心配することは……」

「いえ、心配事はさきに手を打っておくのがいいと思います。私、長屋のみなさんとよく相談して、承知してもらえるなら子供たちをここで預かろうかと思うんです」

そこまですることはないと思ったが、誠四郎は春霞の熱意に負けて同行することにした。

江戸橋を北に行くと、竜閑堀《りゅうかんぼり》に行き当たる。それを右手にとれば亀井町の裏店はすぐそこだった。

一見して暮らしの貧しさを訴えるような長屋の中ほどに、お沢の家はあった。

表には長屋の人たちが心配げに集まっている。それを分けるようにして誠四郎は家に入った。板の間と畳の部屋ひとつの狭い家だった。その畳の部屋が足の踏み場もないほど荒らされている。ここに押し入った連中が、なにか探しものをしたらしい。

誠四郎はひととおり現場を見てまわったが、たったひとつしかない簞笥《たんす》の中身をぶちまけた部屋からは、闖入《ちんにゅうしゃ》者につながる痕跡は発見できなかった。

板の間の隅では千枝と勇太が身体を寄せ合うようにして、まだ恐怖の去らない表情でいる。誠四郎はそのまえに膝をついた。

「私は奉行所の同心で谷岡誠四郎というものだ。このまえ凧作りを手伝ってくれたお爺さんは私の父だ」

はじめて見る顔の誠四郎に不審を感じていたのか、そう説明すると千枝の表情はにわかに和《なご》んだ。

「なにが起きたのか、ことの次第を話してくれるかね」

誠四郎が聞くと、千枝はうなずいた。

「朝早く、まだ暗いときに侍が三人やってきました。私が目を覚ましたとき、髪の長い髭の侍がおっ母《か》さんになにか聞いていて、おっ母さんが知らないと首を振ると、三人で部屋中を家探《やさが》ししました。でも探し物は見つからなかったみたいです。すると髭の侍がなにか言い、背の高い侍と、ちょっと太った侍がおっ母さんを無理矢理連れて行きました」

「おっ母さんを連れ去っただけかね」

誠四郎が聞くと、応えたのは勇太だった。

「おいらが作った凧を持っていった」

「凧を持ち去った？」

応えたのは千枝だった。

「お役人のお父さんが手を貸して作ってくれた凧と、羽子板の置物を持って行ったんです」

聞いて誠四郎は不得要領《ふとくようりよう》な顔になった。彼が聞いた話では、河半が持参したのは羽子板と凧の置物だったはずだ。ところが闖入者は凧は置物ではなく、勇太が作ったものを持って行ったという。

(すると凧の置物はどこへ行ってしまったのか)

誠四郎はあらためて散らかった畳の部屋にもどった。探し物は簞笥から放《ほう》り出された衣類の下から見つかった。縦三寸、横四寸ほどの小さな木製の凧の置物だった。精巧な彫りを施した立派な代物《しろもの》である。

（もしかしたら闖入者は、木製の爪と本物の爪を取り違えたのかもしれん）

誠四郎は考えた。すると河半が持ち込んだ木製の爪に、特別な意味があるように思えてきた。

「この置物はおじさんが預かってもいいかな」

誠四郎が聞くと、千枝も勇太もコックリとうなずいた。

「それからおまえたちのことは、この姉さんが面倒見てくれる。言いつけは素直に聞くんだよ」

子供たちにそう言い、「あとをたのむ」と春霞に声をかけて誠四郎は長屋を後にした。

十

お沢が誘拐されたことは、すでに父の耳にとどいている。だから祥兵衛は報告を心待ちにしているに違いない。誠四郎はそう思って急いで隠居屋にやってきたが、やはり祥兵衛は寒い縁先に立って、誠四郎の帰りを待っていた。居ても立ってもいられないという風情《ふぜい》である。

誠四郎を見ると祥兵衛は居間の暖かい長火鉢のまえに招き、手早く熱い茶を淹《い》れた。

誠四郎がひととおりの説明をすると、

「なにか起こるのではないかという予感はあったが、まさかお沢さんを誘拐するとは、敵も手荒い行動にでたものだ」

祥兵衛は憤怒《ふんぬ》まじりの言葉を吐きだした。

「探し物をした痕跡が残っていました。でも探し物が見つからなくて、そのかわりにお沢を連れ去ったようです。踏み込んだ三人は侍だったと言いますから、おそらく小普請奉行の井坂与右衛門の手のものでしょう」

「森田屋が書付をお沢に預けたと勘違いして襲ったんだろう」

「とんだ思い違いですね。書付をお沢が持ってるはずがない」

「河半がお沢のところへ金を持って詫びに来た。井坂は、それを協力したお沢への謝礼だと思い込んだんだ」

「すると井坂は、お沢が森田屋の一味だと？」

「井坂はそう読んだのだろう。そう考えると誘拐事件の意味が分かる。誠四郎、これは危険な兆候かも知れんぞ。井坂の狙いはお沢に書付のありかを吐かせることだ。だがお沢はなにも知らないから、いくら責められても口を割らん。すると井坂はどうする。どうせ下衆《げす》の考えることだ。つぎは子供を掠い、それを使ってお沢の口を割らせようとする……すると二人の子供が危ないな」

「その心配なら不要です。子供はうちで預かる段取りにしていますから」

「よう気が利いた。誉めてやろう」

「言い出したのは私ではなく、春霞なんです」

「春霞さんが？　さすがだな。やはりお前にはできすぎた嫁かもしれん」

言われて誠四郎はなんとなく居心地悪そうに姿勢をあらためたが、思いだして風呂敷に包んで持ち帰った凧の置物を祥兵衛のまえに置いた。

「お沢を掠った連中は、羽子板の置物は持って行きましたが、これを残していきました」

「河半が持ってきたものだな。なにか意味があると思い持ち去ったのだろう。でもなぜ羽子板だけなんだ？」

「連中、凧も持ち去ったんですが、それは父上が手伝って勇太に持たせた凧の方でした。どうもやつらは取り違えたようです」

「そうか、間違えよったか。つまり向こうは、河半が羽子板と凧を持参したことは知っていたが、置物とは知らなかったんだ。だから置物より目につく爪を、これだと信じて持ち去った」

言いながら祥兵衛は、爪の置物をしばらくためつすがめつしていたが、

「誠四郎、ちょっと小柄《こづか》をよこせ」

なにを発見したのか、突然に言った。

誠四郎が脇差《わきざし》から小柄を抜いて手渡すと、祥兵衛はそれを爪の置物の側面に差し込んだ。

「ここにわずかだが隙がある。二枚の板を貼り合わせて作ったものだな」

しばらく祥兵衛は、貼り合わせた板を剝《は》がすことに集中していた。はめ込みになっているようで簡単ではなかったが、やがて木製の爪は二つに割れた。

祥兵衛も誠四郎も思わずあっと声をあげた。割れた二枚の板の内側は空洞になっている。そこにきちんと折りたたんだ紙片が見えた。

井坂邸の奥まった一室に、井坂与右衛門は黙然と座り込んでいた。気持ちが落ち着かない証拠に、膝頭が小刻みに揺れている。

かたわらに爪紙を引きはがし、骨ばかりになった勇太の爪が放りだされてある。も

しかして爪紙の裏に書付を隠したのかも知れないと剝がして見たのだが、まったくの無駄だった。その横に羽子板の置物が転がっている。

意味もなく井坂の手がそれを取り上げたが、しばらく見るともなくそれを見つめているうち、彼の目がきらりと光を帯びた。かたわらの差し添えを引き寄せると小柄を抜き取った。

羽子板の置物に小柄を使って、井坂はしばらく悪戦苦闘していたが、はめ込まれた板が音を立てて剝がれた。空洞部分に紙片が見えた。

井坂の手がそれを抜き取って目を通そうとしたとき、慌ただしく廊下を踏み歩く音がして、障子ががらりと開いた。顔を見せたのは八代玄九郎だった。

「なかなかしぶとい女で、痛い目に遭わせてみましたが、知らぬ存ぜぬを押し通しております」

八代が言うのを、井坂は手を上げて止めた。

「もうその必要はない。八代、森田屋は書付をここに隠しておった」

井坂は二つになった羽子板の置物を、八代の膝元に投げた。

「そこから見つかった書付がこれだ」

「すると一件落着ですか」

「そうはいかんようだ。この書付、半分に破られている。残りの半分はどこへ行ったのか。そこにはわしの署名がある」

「はて、それは困りましたな」

「もしかして羽子板とは対《つい》の、凧の置物があったのではないのか」

「うっかり見落としたかも知れません。羽子板と凧を届けたと聞いていたもので、なにか意味がありそうな気がして、念のために持ち帰ったのですが」

「機転は利いたが、肝心なところで抜かったな。書付の残り半分、凧の置物の中に隠してあったんだ」

「これはとんだ失態でした。申し訳ございません。それにしても面倒なことになりました。もしわれわれが凧の置物を見落としたとしたら、あとでやってきた町方役人が持ち去った恐れがあります」

「向こうが置物のカラクリに気づけば、かなり厄介なことになる」

「いかがいたしましょうか」

「これで書付が森田屋の手にないことははっきりした。今日は二十九日、明日で今年は終わる、疫病神は年の内に片づけておこう」

「すると森田屋と河半をばっさり……」

「あの連中が消えれば、たとえ書付の半分が町方の手に渡ったとしても、なんとでも言いくるめられる」

「承知しました。ではさっそく……で、あのお沢とかいう女はどうします？」

「口を封じないとあとが厄介だ。処置は八代に任せる。ただ屋敷に閉じ込めてあるから、始末を急ぐことはないだろうが」

祥兵衛は急いで紙片を取りだすと開いてみた。もともとあった一枚を、半分に切り取ったものだった。左端に墨書された井坂与右衛門の署名がある。

「これが問題の書付の半分らしいな。頭の部分は想像するしかないが、どうせ井坂と森田屋でとり交わした密約は、必ず守ると書いてあったんだろう。井坂が血眼《ちまなこ》で取りもどそうとするのも当然だ。作事奉行に昇進するのに、あとあと森田屋との悪縁がづいては困るだろうからな」

「それを承知で森田屋は、羽子板と凧の置物に書付をひそませ、井坂の目のとどかないよう、お沢の家を隠し場所にと考えたんですね」

「だが向こうもすぐ羽子板と凧が怪しいとにらんだ。だから持ち去ったのだが、うっかり凧を取り違えてしまいよった」

「もし井坂が置物のカラクリに気づけば、お沢にもう用はないでしょう。だったらお沢はどうなりますか？」

「作事奉行を狙っている井坂だ。人を拐《かどわ》かしたことが表にでては困るだろう。やつは必ずお沢の口をふさぎにでる」

「どうします、そうと分かれば放っておけません。このさい強引に井坂邸に踏み込みますか」

「それはかえって危険だろう。わしが思うには書付は森田屋の手にないと知れば、まずは森田屋と河半の始末に動く。ただ井坂が置物のカラクリに気づくかどうかで局面が変わってくる。しかしいずれに動くにしても、お沢の身が危険であることに変わりはない」

暗澹《あんたん》とした顔で祥兵衛が言い、それが感染したように、誠四郎の表情も険しくなった。

十一

一夜明ければ大晦日というその夜、誠四郎は寝入りばなを伊之助にたたき起こされた。

「旦那、大変なことになりました」

屋敷に駆け込むと、伊之助は緊張で甲高くなった声で言った。

「いったい、なにが起きたんだ」

「森田屋と河半が殺されました。見つかったのは一色町近くの満徳寺《まんとくじ》という寺です。夜遅く、どこからか伝言を受けて、森田屋と河半がでかけたことは、双方の店のものが認めています。どうやらだまして呼びだされ、寺にやってきたところをばっさり……たまたま遅くにお参りにきた老婆が死体を見つけて、番屋にとどけたそうです」

誠四郎は素早く着替えをすませると、水谷町の隠居屋に駆け込んだ。祥兵衛はまだ起きていた。

「そうか、やっぱり思ったとおりになったか」

聞いて祥兵衛は吐息をついた。

「これから私がひとっ走り行って、様子を見てきます」

言い終わる間もなく駆け出そうとする誠四郎を、祥兵衛が止めた。

「そっちはあとでもいい。森田屋と河半が殺されたとなれば、お沢が危ない。すぐ小網町へ行け。井坂邸を見張るんだ」

「……？」

「井坂がお沢に手をかけるとすれば、屋敷内ではやらないだろう。血で汚れるのを避けるだろうからな。必ず外に連れだして始末しようとする。それも人目のない夜のうちにな。その動きを見逃すな」

「分かりました。なんとしてもお沢を無事連れもどしてきます」

むしろ自分に言い聞かせるようにして隠居屋を飛びだしていく誠四郎を、伊之助があわてて追いかけた。

「あっしもごいっしょします」

後ろ手に縛られて、座敷に転がされていたお沢は、いきなり背の高いしゃくれ顔の侍に、脇をつかんで引き立てられた。

「女、立て！」

顔に見覚えがある。お沢の住む裏店に押し込んできた侍の一人だった。

部屋をでたところに、総髪でひげ面の侍が立っていた。これも押し込んできた一人だった。

「どこに連れていきましょうか」

しゃくれ顔がひげ面に聞いた。

「箱崎橋の近くに稲荷社《いなりしゃ》がある。あそこへ連れていけ」

「分かりました」

「女、下手に声をだしたり、逃げようとしたりするではないぞ。おとなしくしていれば稲荷社で解き放してやる」

ひげ面はお沢に、明らかに嘘と分かる言い方をした。解き放すなら、なにも稲荷社まで連れて行くことはない。そこが自分の最期の場所になるのだとお沢は覚悟を決めた。

覚悟は決めたが諦めたわけではない。お沢はなんとか生きのびねばとの執念は失わなかった。隙を見て逃げだそう。二人の子供のことを考えても、自分は生きなければならないのだ。そう思い詰めている。幸い文目《あやめ》も分かぬ真夜中である。きっと逃げだす機会はあるだろう。

しゃくれ顔が裏木戸から外にでて、付近の様子をたしかめてから、お沢の手を摑んで引きずりだした。武家屋敷が塀を接して建つ狭い路地だった。月も星もない暗闇である。人の目を心配することもない。その気のゆるみがしゃくれ顔の油断になった。

そこからすこし離れたところに、人が潜《ひそ》んでいようとは思いもしなかった。

誠四郎は井坂邸の勝手口を見通せるところに身を潜めていた。すぐ近くに伊之助もいるはずだが、さすがに張り込みに慣れた岡っ引きだけに、その気配も感じさせない。

しゃくれ顔はそれでも用心深くあたりに気を配りながら、お沢を引っ張るようにして河岸道にでた。すこしうしろをひげ面がくっつくようにしてついてくる。お沢に逃げだせる隙はなかった。でも諦めなかった。

河岸道を右手に向かい、ちいさな堀割を越えたところで、しゃくれ顔はなにかに足を取られつまずいてよろけた。お沢はそれを見逃さなかった。縄尻をしゃくれ顔の手からもぎ取ると、猛然と箱崎橋に向かって駆けだした。そこを渡ればなんとかなるような淡い期待が、お沢を包み込んでいた。

勝手口の見える位置に潜んでいた誠四郎は、路地の方で起きた微かな木戸の開閉音を聞き取って、物陰から飛びだした。路地に駆けつけたとき、河岸道に向かう人影が三つ、なんとか確認できた。そのうちの一つがお沢に違いないと思われた。

誠四郎は足音を殺して後を追った。その背後で伊之助の草履の音が聞こえた。

河岸道にでたとき、誠四郎の目によろける縄尻を持った男と、猛然と逃げだすお沢のすがたが見えた。

お沢は箱崎橋の方に向かっている。それを見て総髪の男が刀を抜き放って後を追った。男は風のように素早く走り、お沢の背中に一撃をくれようとした。相当な使い手と見えて、振り下ろした刀筋に無駄がない。

（危ない！）

誠四郎は思わず口の中で叫ぶと、無意識に懐から十手を掴みだし、総髪に向かって投げた。十手は総髪の鼻先をかすめて地に落ちた。その一瞬、総髪は集中を欠き、首の付け根を狙った刀が、お沢の右肩に滑った。

決して深手ではない。誠四郎はやや安心したが、お沢は橋のたもとに倒れたまま身じろぎひとつしない。気を失ったようだった。

総髪はお沢を見棄《みす》ててこちらに振り返った。追ってくる誠四郎との距離が縮まった。

総髪は迎え撃つ格好で中段に構えた。

だが誠四郎としてはこの際対決は避けたかった。臆《おく》したわけではない。一刻も早くお沢の手当をせねばと思ったのだ。深手ではないが、刻《とき》をおけば出血がその命を奪いかねない。

だが総髪を無視してお沢に近寄ることはできなかった。しかも向こうにはもう一人しゃくれ顔の邪魔者がいる。そのしゃくれ顔はすばやく誠四郎の背後にまわって挟撃の形をとっていた。

これでは二人を倒さねば、お沢に近づくことはできない。誠四郎が行動に窮したとき、いきなり背後で叫び声が聞こえた。

「人殺しだ！　人殺し‼」

叫んでいるのは伊之助だった。どこで拾ったのか板片《いたへん》を棒切れでガンガン打ちつけている。騒ぎを起こしてお沢を救う。伊之助の窮余の一策だった。

「ちっ！」

総髪の舌打ちが誠四郎の耳にも聞こえた。彼はしゃくれ顔に合図を送ると、すぐまえの辻を曲がってすがたを消した。よほどことを大きくしたくないらしい。

誠四郎はお沢に駆け寄った。伊之助も追いついてきた。

「とにかく父の隠居屋まで運ぼう。手を貸してくれ」

「あっしが担いでいきましょう」

伊之助の背中に気を失ったままのお沢を乗せると、二人は足早に箱崎橋を渡り、湊《みなと》橋《ばし》を渡って水谷町に向かった。出血は激しいらしく、たちまち伊之助の着物は、背中のあたりから夜目にも黒く染まっていく。

担ぎ込まれてきたお沢に駆け寄ると、祥兵衛はまず傷口をたしかめた。

「大事はなさそうだ。刀は骨にまでとどいていない。ただ出血を早く止めなきゃいかんな」

独り言のように言うと祥兵衛は、びっくり顔で突っ立っている紫乃にさらしを持ってくるよう言いつけ、伊之助にはどこかで荷車を調達してくるように指示した。

それを待つ間に祥兵衛は、台所から酒を持ちだしてきて傷口に吹き付け、紫乃が運んできたさらしで手際よく血止めの処置をした。

「鮮やかなもんですな」

感心する誠四郎に、

「同心を長くやってると、なんども修羅場に遭遇する。人が斬られたり自分が斬られたりしたときは、まず血を止めることだ。このやり方はひとりでに身についたものだ。それにしても罪もない町人を平気で手にかけるとは、まさに人の道にもとる連中だな」

憤懣《ふんまん》やる方なしといった顔で、祥兵衛は吐き捨てた。

「総髪でひげ面の男に襲われました。私がもうすこし早く気づいていれば、こうならなかった」

「いや、お前が投げた十手が一人の命を救った。その機転、大いに誉めてやろう」

「もう一人、騒ぎを起こして邪魔者を去らせようとした、伊之助の機転も誉めてやってください」

そこへ伊之助が荷車を引いて駆けもどってきた。その上にお沢を乗せると、

「芝口の大隅先生のところまで、急いで運んでくれ」

祥兵衛は命じ、伊之助が梶棒《かじぼう》をにぎり、誠四郎が後押しで去るのを見とどけると、紫乃に、

「春霞さんに、すぐ子供を連れて大隅先生のところにくるよう、伝えてくれ」

と言いおいて、荷車を追って駆けだして行った。

大隅家の表戸には錠が下りていた。それを遠慮なく祥兵衛は叩いた。

「大隅先生、谷岡祥兵衛です。怪我人《けがにん》をつれてきました。すぐ診てやって下さいませんか」

呼ぶこと三度、ようやく表戸が開いて大隅が顔を見せた。

「もう店じまいだ。これから一杯飲んで、ゆるりといい大晦日を迎えようとしているところだ」

「では大晦日を迎えるまえに、もうひとつ仕事をお願いします」

「もう店じまいだと言っただろ」

「下手すると死ぬかも知れない患者を見棄てては、いい大晦日もいい新年も迎えられませんよ」

「人の弱みにつけ込むのには長《た》けた男だな。どうせ断らないと知って連れてきたんだろう。まあ、中に入りなさい」

言うと大隅は診察室と称する一間にお沢を運び込み、素早く傷口を調べた。

「すでに血が乾きはじめている。見事な血止めの処置だが、だれがやったのかな?」

「私です」

「玄人裸足《くろうとはだし》だな。どうだわしの手伝いをする気はないか。どうせ同心を辞めて暇を持てあましているんだろう」

「つつしんで辞退致します。先生と常時いっしょでは、こちらの命が縮まるばかりで」

「それはこっちの言い分だ」

言いながら大隅はお沢を横向かせたりうつむかせたりして、傷口を詳細に調べた、すでにお沢は意識を取りもどしていたが、なにをされても声ひとつ上げない。気丈な女だった。

診察を終えて大隅が自称診察室兼治療室をでてきたところへ、春霞が千枝と勇太を連れてやってきた。

「この子供はどこの子だ？　あんたの息子に子供が生まれたとは寡聞《かぶん》にして聞かないが」

驚いて大隅が祥兵衛に聞く。

「患者の子供です」

「なるほど」

大きくうなずくと、千枝と勇太に向かって大隅はこれ以上ないという笑顔になった。

「おっ母さんのことは心配しなくていいからな」

見かけによらず相当な子供好きらしい。

「ところで……」

大隅はもとの難しい顔にもどると、

「このところしばらく、外科の手当はやったことがない。だから手伝ってくれる助手がいない。どうしたものかな」

「お許し頂けるなら、私がお手伝いを……」

言ったのは春霞だった。

「でも、お役に立てるかどうか」

「いやいやあなたならやれる。こっちの言うとおり、道具や薬などを渡してくれるだけでいいんだ。それで一件は片付いた。あとは患者の傷口を縫い合わせるが、これは相当に苦痛を伴う。患者が動かないように押さえてもらう人が必要だ」

「それなら誠四郎と伊之助にやらせましょう」

「よし、じゃあ頼む」

大隅は誠四郎と伊之助に向かって軽く頭を下げた。

「じゃあはじめようか」

大隅がこちらに向けた背中に、祥兵衛が言った。

「私はこれからどうしても出かけなければならないところがあります。しばらく留守にしますが、よろしくお願いします」

「ご自由にどうぞ。あんたがいてくれたってなんの役にもたたん」

憎まれ口を残して、大隅は自称診察室兼治療室に入っていった。

十二

大隅家をでて、祥兵衛が向かったのは小網町の井坂邸だった。夜はすでに明け、冷え冷えとした冬の朝の空気があたりを包んでいる。町中にはすでに人のすがたが多く見られた。

祥兵衛は井坂邸の門前に立った。

「頼もう!」

案内を乞《こ》うと、待つことしばし、小窓の向こうに門番の寝ぼけ眼が覗いた。

「こんな早くになんの用だ」

「谷岡祥兵衛と言う。こちらの主に急用があると伝えてくれ」

「うちの殿さまとはどのような関係だ」

「関係はない。おそらく名前を言っても知らないだろう」

「だったらとりつぐまでもない。帰れ、帰れ」

門番が小窓を閉めようとするのに、

「言っとくが逢うのを拒否すれば、こちらの屋敷に大事《だいじ》が起きる。きさまの一存で決めていいのかな」

「なに？」

門番の声が泳いだ。

「この家の大事に関わる書付の、半分を持った男が訪ねてきたと言え。それで逢わないと言うなら、いつでも退散してやる」

「残念ながら殿さまはまだお休みだ」

「なら、寝ている場合ではないとたたき起こせ」

それでも門番はまだしばらくどうしたものかと躊躇していたが、

「一刻を争う。早くしろ！」

祥兵衛に怒鳴られて、

「しばらく待て」

声が震えて小窓が閉じた。

やがて門の潜《くぐ》り戸が開き、若侍が顔を見せた。

「話を聞こう」

「雑魚《ざこ》に用はない。用件は井坂与右衛門に直接話す」

主君を呼び捨てにされて、若侍は頭に血が上ったのか顔を真っ赤にしたが、それより相手の横柄な態度に気負けしたようだった。

「とにかく入れ」

自分は身を引いて、祥兵衛を招き入れた。若侍が連れて行ったのは、屋敷を右手に曲がった庭先であった。十人ほどの男たちが、いかにもいま起きたばかりという顔と身支度で、庭先に居並んでいる。その中に総髪のひげ面としゃくれ顔の男も混じっていた。

しばらくして縁側に、井坂与右衛門がすがたを見せた。彼は立ったまま祥兵衛を見下すようにして、

「大事な書付がどうのと、たわいもない言いがかりをつけてきたのはきさまか」

必要以上に声を高めて怒鳴るように言った。心の動揺がすでに声にでている。大きく見せてはいるが小心者のようだった。

「たわいもないものを持参したと本気で考えるなら、わざわざこうして早朝からお出迎えはしないはずだが」

井坂は一瞬言葉に詰まったが、すぐに態勢を立て直すと、

「なにを持っているか知らんが、そんなものはわれわれにとってゴミみたいなものだ。それを伝えてやろうと親切に起きてきてやったんだ」

「なるほど、森田屋も河半も始末したから、なにがでてこようと知らぬ存ぜぬでシラを切り通せるという算段か」

「なに？」

明らかに井坂に動揺が見えた。

「平川御門の放火の件、表沙汰になっては困るから、森田屋に預けた書付を取りもどし、作事奉行の道への障害を取り除こうとした。はっきり言ってそんなことはどうでもいい。勝手にドタバタやってればいいんだ。ただわしがやってきたのは、罪もない町人にまで手をかけようとしたその性根が許せないからだ」

「威勢がいいではないか。だからどうしようと言うのだ」

「お沢という女を拐《かどわ》かさせたのはあんただろう。そして彼女を手にかけようとしたのがそこにいる総髪のひげ面と、しゃくれ顔だ。殺されかけた女は怪我はしたがまだ生きている。どうだ彼女のまえに手をついて悪かったと謝る気はないか」

「いい加減にしろ！　言わせておけば好き勝手な悪口雑言！　ええい構わん、その年寄り二度と口が利けないようにしてやれ」

井坂の声は金切り声になった。動揺も極みに達した感じだった。

それを聞いて三人ばかりの若侍が走りでて、祥兵衛を取り囲んだ。

「おやおや、わしが名指しした総髪としゃくれ顔さんには、お出ましいただけないのか」

「うるさい、八代どのや川辺《かわべ》どのの出る幕ではない。われわれが冥土《めいど》に送ってやる」

若侍の中の一人が肩を怒らせて言った。

「ほほう、八代と川辺というのかその二人……」

「ええい、問答無用!」

言うや否や真っ向から討ちかかってきた。祥兵衛は体《たい》を開いて攻撃をかわすと、抜く手も見せずにたたらを踏む若侍の後頭部に、刀を叩きつけた。峰打ちである。若侍は声も立てずにその場に昏倒《こんとう》した。

それを見て残る二人が間髪を入れず、ほぼ同時に左右から討ち込んできた。この二人はさっきの若侍よりは腕は数段上と見えた。

だが祥兵衛の動きの方が早かった。右手の侍を襲うと見せかけて、振り向きざま左の侍の胴に、そしてすかさず体を捻《ひね》って右手の侍の首筋に刀を叩きつけた。二人は地上に倒れて動かなくなった。

祥兵衛は伊藤一刀流の流れを汲む有明道場《ありあけどうじょう》で、師範代を務めたほどの腕の持ち主である。彼が使う技は剣の動きの速さにある。刀の重量を使って相手に痛手を与える流儀もあるが、祥兵衛の場合、速さを力に変えて相手を痛撃する闘法だった。

あっという間に三人を倒されて、残った侍たちはいちように気勢をそがれて足を凍りつかせ、身動きできなくなっていた。

その中から進み出たのは川辺と呼ばれた、背の高いしゃくれ顔だった。川辺は黙って刀を抜いた。

「ようやくお出ましか。お沢どのに代わってご挨拶させていただこう」

祥兵衛はゆっくり下段に構え直した。川辺は青眼に構えている。二人はしばらく攻撃の機を狙っていたが、まず動いたのは川辺だった。彼は真っ向から討ちかかると見せ、祥兵衛が体を開いて切っ先を躱《かわ》すと、返す刀で胴払いをかけてきた。目にもとまらぬ素早い太刀さばきである。

祥兵衛は胴に向かって伸びた刀を、下からすくい上げて逸《そ》らすと、間をおかず刃を川辺の喉元《のどもと》を狙って突きつけた。川辺は半歩下がって攻撃を躱すと、持った刀で目のまえに迫った祥兵衛の刀に、自分の刀を叩きつけた。

だが目指す刀はなかった。素早く祥兵衛が刀を引いたのだ。そこに一瞬川辺に隙が見えた。翻った祥兵衛の刀は、川辺の肩を砕かんばかりに襲いかかり、川辺は血しぶきを上げて横転した。

それを見てひげ面の八代が草履を脱ぎ捨てると、抜刀して祥兵衛のまえに立った。

「いよいよ真打ちの登場か」

「川辺で片付くと甘く見たが、年に似合わず使い手のようだな」

「年寄りだと甘く見たのなら、そっちの大きな誤算だな。ただ余計な殺生はしたくないから、下っ端は峰打ちですませてやったが、しゃくれ顔とあんたは容赦しない。覚悟はしておけ」

「それはこっちのセリフだ」

二人は青眼に構えて向かい合った。しばらくどちらからも動こうとしなかった。祥兵衛は相手の様子を見るため、太刀を青眼から下段に引き下げた。八代は目を半眼に閉じて微動だにしない。心眼で相手の動きを悟ろうとしているらしい。油断のできぬ敵だった。

そのとき八代の左脇に隙が見えた。誘いの隙とは承知で、祥兵衛はそこに刀を突き入れた。とたんに八代の刀が動いて、ヘビのように祥兵衛の刀に絡みついた。こうして相手の刀を巻き上げて、すかさず胴討ちに移る算段だろう。

長引けば勝敗の分からない相手である。向こうが若い分有利かもしれない。早く片づけるのが賢明と言うものだろう。祥兵衛はすばやく計算を組み立てた。

自分の刀に八代の刀が絡みつき、太刀をはね飛ばそうとしている。しばらく刀合わせの攻防を展開したあと、祥兵衛は刀から手を離した。太刀は大きく空に向かって舞いあがる。寸暇をおかず八代の太刀は、祥兵衛の胴を二つにする攻撃に移るはずである。

その前に祥兵衛は八代の身体に、自分の身体をぶつけていった。その手には素早く抜き取った脇差が握られている。それを八代の胸に体重をかけるようにして突き立てた。

八代は声もたてなかった。脇差は心臓を刺し貫いたようで、八代はそのまま地面に伏して、ぴくりとも動かなくなった。

それを見て井坂与右衛門は蒼白《そうはく》に顔を引きつらせて、奥へ逃げ込もうとする。素早く刀を拾い上げた祥兵衛はそれを追った。

追いつかれた井坂は、恐怖に唇を震わせながら、

「は、話し合おうではないか」

かすれる声で言った。

「話し合うには少々時機が遅すぎた」

目のまえに突きだされた刀を見て、

「た、た、助けてくれ！」

思わず悲鳴を上げる。

「心配しなさんな。小普請奉行を傷つけては後々面倒なことになる。殺しはせん。ただこうさせていただこう」

言うやいなや、祥兵衛の白刃はうなりを立てて一閃《いっせん》した。井坂の頭から髷《まげ》が落ちた。更に一閃すると、髪の毛が削《そ》がれ断髪状態になった。

「出家でもして悪事を詫び、あんたのせいで死んでいった人々の弔いでもするんだな。坊主になりやすいようにお手伝いはしてやった」

気勢を削がれて動けない家臣たちを尻目に、祥兵衛は悠然と井坂邸の門から出て行った。

十三

治療をすませて、大隅大膳が手伝いの春霞や誠四郎、伊之助を連れて自称診察室兼治療室からでてきたとき、隣の部屋では千枝と勇太はくたびれて眠っていた。その隣に何事もなかったように祥兵衛がすわっている。

「やあ、お帰りだったか」

「雑用をひとつ片づけてきました」

「それにしてもよく眠っている」

子供の寝顔に目をやると、大隅は柔らかな声で言った。春霞が診察室兼治療室にとって返すと、掛け布団を下げてきて子供たちにかけてやった。

「子供たちも先生の腕を信頼して、安心して眠り込んだのでしょう」

祥兵衛が言う。

「そうその腕だが、大いに駆使して治療には万全を果たした。もう大丈夫。いま眠り薬で眠っているが、一日、二日すれば起き上がれるだろう。それにしても我慢強い女性だ。傷口を縫うのに声一つ挙げなかった。あの強さは、きっと怪我を乗り越えるだろう」

「患者は先生にお任せするとして、子供たちはどうします？」

「そうだな。このままわしが預かろうか。患者が目覚めたとき、子供が側《そば》にいるのといないのとでは、気持ちの持ち方が変わる。子供がいるだけで、母親には大いなる回復効果がある」

「でも先生一人の手では大変でしょう」

言ったのは春霞である。

「私が泊まって、面倒を見ましょうか」

「ありがたい。そうしてもらえると助かる」

言って大隅は祥兵衛を振り向いた。

「あんたの息子にはできすぎた嫁だな。なんならわしがほしいくらいだ」

と言うと、今度は春霞に向かって、

「もし離縁したら、このわしに、いの一番に声をかけてくれ」

表に出たところで、誠四郎がぼやいた。

「とんでもない生臭医者ですね」

「坊主でなくて医者か。まあどちらも図々《ずうずう》しさでは似たようなもんだが」

祥兵衛が言うと、伊之助が口を挟んだ。

「それにしても本人をまえにして、離縁うんぬんはないでしょう」

「それだけ春霞さんは魅力のある女性だと受け取っておくことだ。おそらくあれは大隅先生の精いっぱいの褒め言葉のはずだ」

風がでて、寒さは一段と厳しくなっていたが、冬枯れの道に落ちている日射《ひざ》しはいくぶんか気持ちを暖めてくれた。その日射しを踏みながら、三人は肩をすくませて楓《かえで》川《がわ》沿いの河岸道を歩いていった。

「今日は大晦日。春霞がいないとなると、正月の準備が大変ですね」

「心配することはない。うちにはもう一人ご新造さまがいる」

言って祥兵衛は軽い声をあげて笑った。

その心配はなかった。昼過ぎになって春霞はもどってきた。

「お沢さんは思ったより元気でしてね。目をさますと肩の傷は痛むけど、他はどうもないから、お正月は家で迎えたいと言いだしましてね。大隅先生からも多分大丈夫だろうとお許しがでました。元旦は親子三人亀井町の裏店で迎えることになりそうで、私はお役御免に……」

「それはよかった。正月の用意が母上一人でできるかどうか、心配していたんだ」

愁眉《しゅうび》を開いたのは誠四郎だった。

春霞はさっそく正月の準備に隠居屋に出向き、ひとり残された誠四郎は所在なげに座敷で寝転んでいた。正月の七か日は交代で奉行所に詰めることになっているが、四日まで誠四郎はお休みだった。こんなとき臨時廻りは気楽でいい。

そこへひょっこりと祥兵衛が顔を見せた。

「しばらくここにいさせてくれ。わしがいても女たちの邪魔になるだけだ」

「母上は頑張ってますか」

「頑張っているとも。ただあの人が元気になると、口うるさくてたまらん。それでここへ逃げてきた」

「じゃあお茶でも用意しましょう。それとも酒？」

「酒がいいな。久しぶりに親子二人、邪魔いらずで酒を酌み交わすか」

言ったとき、障子がからりと開いて伊之助が顔を覗かせた。

「聞こえましたが、親子二人水入らずに、あっしは余計ものですか」

「そうひがみなさんな。男三人の酒盛りと言うのもまたおつなものだ」

「じゃあさっそく酒の用意をしよう。伊之助も手伝ってくれ」

誠四郎が言って立とうとするのを、

「そのまえにちょっとお知らせがありますんで」

伊之助が言ったので、誠四郎は上げかけた腰を元にもどした。

「小網町の井坂邸でなにかあったらしいと聞きましてね。さっそく行って様子を見てきました。外から様子はうかがい知れませんが、なんとなく屋敷の様子がいつもと違う気がしたんです。そこですぐ隣の小森《こもり》というお屋敷の中間《ちゆうげん》をつかまえて聞いてみたんです。すると今朝早く、死体が二つ運び出されたようだというのです。それに怪我人もでたようで、医者の出入りが激しいとか。いったいなにがあったんでしょうね」

言って伊之助は首を傾《かし》げた。

「井坂という殿さんは、どうもすることが胡散臭《うさんくさ》い。だからきっと報いがあると思っていたが、そうか、死体が二つに怪我人がでたか。おそらく神罰が下ったんだろう」

祥兵衛は他人《ひと》ごとのように言った。だが話を聞いた誠四郎には、父がやったことだと推測はついた。自分たちがお沢の治療にかかっていたとき、父祥兵衛は留守にしていた。「雑用をかたづけてきた」と言った雑用がこのことだったのだ。

だが誠四郎はその推測を口にするのは避けた。このまま惚けさせておくのが、父にもっとも相応しく思われたからだ。

それからしばらく経って、井坂与右衛門は隠居を願いでて、仏門に入ったと聞いたとき、やはり父のやり口だと誠四郎は確信を持った。

谷岡家の正月三日は無事に過ぎた。大方の家は大晦日いっぱいは働いて、元旦は家でゆっくりする。そしてふだんお世話になったところへの年賀の挨拶まわりが、二日からはじまるのだ。

谷岡家もご多分にもれず、二日からの挨拶まわりに祥兵衛も誠四郎も忙しく過ごした。そんな中、春霞にはいつにない仕事があった。お沢を見舞うことだった。余分に作った煮染めを持って、毎日のように春霞は亀井町の裏店を覗いてやっていた。

お沢は驚くほど順調に回復し、子供たちと楽しい正月を迎えているとの報告を、祥兵衛も誠四郎も春霞から受けていた。

ようやく谷岡家にゆとりのできたのが四日。大隅家へ年賀の挨拶に行こうということになり、祥兵衛に誠四郎がお供してでかけることになった。

ついでに芝口から亀井町へまわり道して、お沢を見舞ってやろうと言った祥兵衛の手には凧が握られている。せっかくの手作り凧をなくした勇太への贈り物だった。年賀まわりの合間を見て、祥兵衛が作り上げたものだ。

だがそのまわり道の必要はなくなった。大隅家の表に立ったとき、家の中からはじけるような子供の笑い声が聞こえたからである。千枝と勇太に間違いなかった。

「どうやら先客らしいな」

言いながら玄関を入った祥兵衛の目に、子供に混じって座敷でカルタを楽しむ大隅のすがたが飛び込んできた。読み役はお沢である。ごく普通の家庭に見られる、和やかな正月風景に接したようで、祥兵衛は思わずたじろぐような思いに襲われた。

「やあ、おいで」

来客に気づいて大隅が声をかけてきた。

「年賀の挨拶にうかがいました」

「それは律儀な。まあ上がってくれ」

そして子供たちに「小休止だ」というと、大隅はカルタを片づけて祥兵衛と誠四郎の居場所を作った。いつにない心の配りようである。

型《かた》どおりの挨拶が終わると、代わってお沢が新年の挨拶と、いろいろお世話になったこと、とくに春霞さんにとてもよくしていただいたと丁寧にお礼を言った。そして大隅を見上げ、

「お屠蘇《とそ》にしますか、それともお酒にしますか？」

と聞いた。

「やはり酒だな。今日は四日、お屠蘇にはもう飽き飽きだ」

分かりましたとお沢は台所に去った。そのものごしは、まるでこの家の主婦を思わせる風情だった。

代わって子供二人が見よう見まねの年賀の挨拶をした。それを見て大隅は、

「ようできた」

と目を細めている。まるで自分の子を見る親の目だった。

「そうだ、勇太のために、新しい凧を作ってきてやったぞ。お爺からのお年玉だ」

「ありがとうございます」

勇太は嬉しそうに凧を受け取ると、大切そうに胸に抱きかかえた。

「よかったじゃないか。あとでわしが凧揚げの指南《しなん》をしてやろう」

目尻を下げて大隅が言うと、今度は千枝に向かい、

「姉ちゃんには羽子板を買わなきゃいかんな」

と言った。すると千枝は、

「羽子板はいりません。その代わりおっ母さんに着物を買ってあげて下さい」

お沢の着物は斬られた上に血みどろだった。春霞が紫乃からお古をもらい受けて、いまそれをお沢が着ている。女の子の目にも、いかにも地味すぎると映ったのだろう。

「分かった。気がつかないで悪かったな。さっそく呉服屋を呼ぼう」

まるで人が違ったような大隅の態度の変わりように、祥兵衛にはピンとくるものがあった。だからせっかくくだされた酒もそこそこに、誠四郎をうながして大隅家を辞した。

朝方は雪でも降りそうな曇り空だったのが、いまはからりと晴れ上がって空一面に

青い空が広がっている。

「まるでいまの大隅先生の気持ちを表すような天気だな」

祥兵衛は空を見上げながら、ぼそりと言った。

「なにか家族団らんの邪魔をしたような気分でしたね。どうもあの風景を見ていると、先生もようやく身を固める決心をされたような」

「おまえもそう見たか。おそらくそうなるのも遠いことではないだろう。すると至急、式服の新しいのを調達しなきゃいかんな。いまのは古びてせっかくの先生の門出にふさわしくない」

祥兵衛はまるで自分の喜びのように、こぼれるような笑顔を見せながら、道に伸びた長い自分の影を踏みしめて歩を進めて行った。

本書のプロフィール

本書は、小学館文庫のために書き下ろされた作品です。

小学館文庫

親《おや》子《こ》鷹《だか》十《じっ》手《て》日《び》和《より》

著者　小《お》津《づ》恭《きょう》介《すけ》

二〇二一年七月十一日　初版第一刷発行

発行人　飯田昌宏
発行所　株式会社 小学館
〒一〇一-八〇〇一
東京都千代田区一ツ橋二-三-一
電話　編集〇三-三二三〇-五九五九
販売〇三-五二八一-三五五五
印刷所――中央精版印刷株式会社

この文庫の詳しい内容はインターネットで24時間ご覧になれます。
小学館公式ホームページ　https://www.shogakukan.co.jp

ISBN978-4-09-407036-1